ÉLIE MAIRE

TIGE BRISÉE

G. ROUSSEL

NIHIL OBSTAT

Lingonis, 15ᵉ Aprilis 1913

P. MIELLE,
Censor.

TIGE BRISÉE...

Tiré à 300 exemplaires

1894   1911

Élie MAIRE

Tige brisée...

CHARLES MARCILLY
1894-1911

Non l'ouragan cruel ne l'a point foudroyée
La frêle tige, car elle doit refleurir ;
Si sa fleur humblement devant Dieu s'est ployée,
C'est vers Lui qu'elle va s'ouvrir.

Illustrations de Gaston ROUSSEL

DIJON
IMPRIMERIE DARANTIERE
—
MCMXIII

A SA MÈRE

A SON PÈRE

A SES MAITRES

A SES AMIS

A SES CONDISCIPLES

A LA MÈRE DE CHARLES

De votre nom, de la majesté de votre malheur, de votre inénarrable chagrin, ces pages effleurent tour à tour, ou parfois même égrènent l'évocation touchante : à vous donc tout d'abord, à titre de juste retour, leur humble et respectueuse offrande ; je n'oserais dire : leur fraîche primeur.

En les parcourant, vous en aurez peut-être, j'ai trop lieu de le craindre, à leur exubérance de sincérité, que vous accuserez sans doute tout bas d'indiscrétion tapageuse à votre endroit...

A votre barre, leur défense sera brève : elle tient toute dans la teneur de cette question qui renferme en soi, — vous en jugerez en vous la posant à vous-même —, sa réponse définitive : oui ou non, l'enfant n'est-il pas inséparable de sa mère ?... Et, ajouterai-je en hâte au bénéfice et pour le besoin légitime de ma cause, un tel fils plus que tout autre ?...

Mais, pour le dire enfin, sans qu'il y ait nulle part occasion ou danger d'alarmer jamais par le menu et de mettre au vif à coups d'épingle votre excessive modestie, il suffit en bloc à votre gloire, ou, si vous préférez, à votre mérite devant Dieu et devant les hommes, d'avoir été la mère d'un tel fils... Voilà, je l'espère, de quoi vous rassurer.

Au surplus, vous n'en ignorez point, c'est en accord compatissant, religieux, profond avec votre âme broyée sous le pressoir, que fut risquée cette ébauche ; et aussi, avant tout autre, dans le but de prêter quelque secours à l'effusion de votre piété maternelle en lui suggérant un mode tangible et concret de communion fréquente avec l'ange aux deux ailes trop tôt éployées.

Car c'est lui, et encore lui, et lui seul, que ces lignes ont pour mission non pas de vous révéler, mais de vous rendre plus aisément présent à vous-même ; tout ce qui n'est pas lui n'est ici qu'espèces ou apparences et ne mérite qu'à peine votre regard, point du tout votre attention...

Puisse votre action de grâces exhaler vers le ciel et vers lui *cet aveu satisfait et quelque peu consolé de la mère d'un grand chrétien du siècle dernier : en lisant ta correspondance près de ton portrait, je vois ton âme et tes traits...*

Est-ce trop d'ambition ? En tout cas, mon principal vœu se trouverait alors comblé au delà de toute mesure.   .   .

.   .   .   .

Cette première réserve faite, à vous aussi :

PÈRE,

MAITRES, AMIS ET CONDISCIPLES DE CHARLES,

quoique d'un second geste, l'hommage timide de ces pages.

De votre commune bienveillance, bien qu'à des titres divers, elles auraient sans nul doute à se réclamer.

Vous le savez d'ailleurs : c'est en l'escomptant formellement et non sans en avoir reçu au préalable d'encourageantes promesses, que cette trame ténue de pensées, d'exemples, de prières, d'émotions à raccorder en un seul tout, fut enfin mise sur le métier, qu'elle y courut pour le mélange et parfois hélas ! l'enchevêtrement de ses fils et de ses mailles indociles... Surtout, c'est à votre investigation qu'elle en fut trop tôt enlevée !...

A ce compte et après coup, vous auriez mauvaise grâce,

n'est-il pas vrai, à prétendre hausser son filigrane à l'habituelle clarté de vos exigences quotidiennes.

Non, c'est dans le demi-jour discret, dans la pénombre recueillie du culte intime voué religieusement aux chers disparus, que vous voudrez y regarder : à la lumière atténuée, modique, mystérieuse de cette veilleuse du souvenir, qui brûle sans déclin dans le sanctuaire de vos âmes fidèles, en l'honneur et à la mémoire de Charles, de son vivant fils parfait, disciple, camarade, ami de choix !

Fesches-le-Châtel (Doubs), septembre 1912.

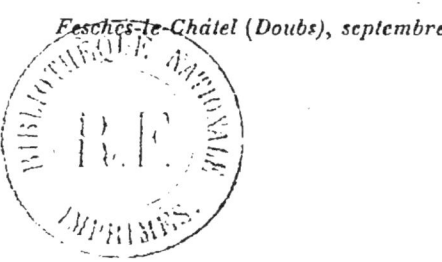

I

Iᴸ est des cimetières de campagne dont l'aspect ou, si l'on veut, l'unique vue d'ensemble vaut un discours. Du moins, si je ne m'abuse, leur emplacement est-il à souhait pour offrir aux survivants allégeance de leurs deuils, en leur disant, des morts, d'aimables et très éloquentes choses.

C'est sur quelque plate-forme dominant le village ou parfois à la crête aiguë d'une ondulation de terrain plus en relief, bref *entre ciel et terre*, qu'on les voit de loin étaler en quinconces leurs humbles croix de sapin goudronné, et aussi, bien qu'en petit nombre, de riches mausolées, qui, le plus souvent mais non pas toujours,

— et j'en devrai citer entre autres une magistrale exception, — qui d'habitude, donc, semblent là comme en
exil, en mal de parade dans telle nécropole fastueuse de
grande ville.

Nostalgie insensée! car s'ils savaient, les mausolées
luxueux...; car en tous cas, je ne sache pas, quant à
moi, qu'avec leur immense et plate uniformité, les nécro-
poles citadines aient un langage et soient autre chose
que d'élégantes muettes; tandis qu'au contraire, de son
éminence modeste, il parle, lui, mon petit cimetière
aérien, et dans le calme des champs sa voix sonne clair,
sa consolation devient insistante... Oui, sans conteste,
il parle, et écoutez donc de quelle façon infiniment sug-
gestive et gracieuse : pour avoir gagné, clame-t-il, les
régions de l'au delà, les défunts que vous pleurez ne
vous ont pas pour autant quittés ni délaissés, ô vous,
leurs parents et leurs amis. Plutôt que cela, leur amou-
reuse fidélité les retiendrait et les localiserait comme à
mi-chemin *entre ciel et terre*, si les conditions de leur
âme, dématérialisée pour ainsi dire, ne leur permettaient
d'être en même temps présents en haut et en bas :
là-haut, en Dieu, leur excessive, magnanime récompense,
ici-bas, dans l'intimité mystérieuse mais réelle des âmes
aimées...

En sa solitude écartée, recueillie, surélevée, et avec le même bonheur d'inspiration, tel m'apparut, une première fois pour toutes, le coquet cimetière de Sommelonne, en Lorraine, aux marches de la Champagne Humide : au juste, à l'un de ces points limitrophes et décisifs où la frontière des deux provinces est moins de convention que naturelle, et où se fait comme tout exprès, contre les collines boisées et les buttes désarticulées du Barrois s'acheminant par menues escalades vers le noyau du plateau lorrain, le leste et heureux échange de la platitude monotone, à perte de vue, des vergers, des céréales, des pâturages haut-marnais, ce dernier ensemble tout embrumé, et pour comble maculé par le panache noir de suie, gris cendré et jaune de cire ou de cuivre des fumées d'usines. . . . .

. . . .

...Dans la suite et à l'usage, du petit campo-santo à ma rêverie la conversation devint familière, et nous recommencions à chaque revoir de nous entretenir de fort loin.

A la distance qui rapetisse, ses croix noires et ses

tombes blanches me signifiaient de la sorte, et me trans-
mettaient à la manière de sacrés hiéroglyphes, leur langage d'apaisement et de réconfort, que j'allais redire
dans quelques instants à une mère, à un père récem-
ment en deuil d'un fils unique et adoré.

De la page apocalyptique ainsi déchiffrée, et se détachant en grisaille sur le fond verdoyant des prairies et
des forêts, la lettre initiale m'était justement fournie, en
haut et à gauche, par la chapelle funéraire de mon jeune
ami, une lettre d'en-tête, majuscule, géante, et qui aurait
été soigneusement enluminée par quelque imagier du
moyen âge.

Certes, à quelque genre qu'elle appartienne et quelles
que soient aussi ses proportions, art décoratif ou art
plastique, miniature ou architecture, toute production
de bonne venue n'a qu'à gagner au rapprochement et
au plus minutieux des examens.

Vu de son seuil gardé par une somptueuse porte
d'airain à claire-voie, ce monument est, sans discussion
possible, un pur chef-d'œuvre.

A première vue, sa grande manière et son ornementa-
tion d'une élégante richesse sembleraient dénoncer quelque Louis XIV de début ; mais au jugé et aux détails,
à la légèreté parcimonieuse de ceux-ci, particulièrement
remarquables dans la frise grecque du dedans et les
quatre médaillons de coin d'un modelage exquis puis
rehaussés en adossement du symbolique flambeau ren-
versé, on devine bientôt le retour aux formes plus
pures de l'antiquité et la rentrée dans la ligne droite,
lesquels caractérisent et décèlent de façon indiscutable,
comme l'on sait, le style Louis XVI.

Grâce et souplesse se retrouvent à égale profusion et
dans les cartouches des linteaux, et les rinceaux de la frise
extérieure, et les créneaux des denticules qui supportent
le tympan agrémenté pour sa part d'un haut-relief admirable, rappel discret, harmonieux, emblématique du
retable de l'intérieur.

Enfin, c'est au fronton triangulaire à pointer vers le ciel
sa supplication ardente, éplorée, inaccessible à la résignation tant que, du moins, à épancher dolemment sa lamen-
table plainte le long des arêtiers, il ne l'aura point haus-
sée jusqu'à la base de son acrotère ; mais là, au pied
de la croix, belle croix aux deux bras ouvragés et lourds
de massives guirlandes, la prière s'exhalera soudain
plus expansive, pour éclater bientôt à pic en une étince-

lante fusée d'espoir, de foi, de consolation sereine...

... Inutile de signaler que l'ameublement est à l'avenant.

... L'autel s'appuie à un retable se déployant avec grâce de droite et de gauche en scoties renversées ; dans cette posture, il soutient une forme de tabernacle à la façade d'un grand effet, couronnée qu'elle est par un fouillis de lierre encadrant ici une autre croix plus petite, le tout en saillie, taillé ou plus exactement ciselé *ad unguem* dans un épais marbre blanc.

Et de suite en quittant ce motif superbe, sans effort et sans besoin de transition, à la simple faveur d'un éclairage mesuré, tamisé, ruisselant modérément et comme goutte à goutte de la verrière du fond, d'où s'enlève d'abord en frais coloris un merveilleux saint Charles, l'œil est amené, autant dire se porte de lui-même à l'épitaphe qui livre enfin ou qui insinue le secret de tant de luxe et d'art posthumes :

CHARLES MARCILLY, FILS

15 AVRIL 1894

19 SEPTEMBRE 1911

Un nom, deux dates aux termes rapprochés enserrant étroitement l'énoncé laconique d'une existence fauchée dans sa fleur... et c'est assez : vous connaissez la dédicace du temple domestique.

II

PEUT-ÊTRE y aura-t-il quelque surprise à ne trouver ici ni arbre généalogique ni bulletin de naissance plus détaillé que dans l'inscription lapidaire burinée dans le marbre par l'artiste : ici comme là, en effet, la documentation doit rester indécise et flottante. Et c'est à dessein.

... D'avoir provoqué d'aventure cette impression sera l'invitation, la plus discrète qu'il m'était possible de formuler, à laisser là ces pages écrites, j'en préviens, pour *la plus stricte intimité*, au gré des trouvailles et au caprice de l'émotion, en marge de la correspondance, des notes personnelles, du journal de vacances d'un enfant, d'un adolescent mûr pour le ciel après dix-huit printemps.

Faut-il donc le dire ? *Pour tous autres* elles seraient, selon la mesure diverse de bienveillance et l'orientation du sens critique, ce dont elles n'ont point à se défendre d'être ou de n'être pas : ou bien la rédaction boiteuse d'un essai biographique sans situation du sujet, sans mise au point, ou bien l'insipidité du panégyrique à jet quasi continu avec la monotone litanie de qualités sans ombres suffisantes de contraste ; ou bien encore l'inutile évocation d'une personnalité s'accusant de bonne heure en traits vigoureux hors des brisées battues du banal, du vulgaire, du convenu,... ce à quoi, paraît-il, le monde pardonne le moins, croyant lire d'abord et presque exclusivement dans de telles existences que l'on y affecta de n'avoir nul besoin de lui, de ses lois arbitraires, de son opinion despotique, de son cérémonial protocolaire, surtout de sa morale de salon au placage menteur, au vernis d'infime qualité et cédant d'ordinaire pour un rien en multiples et promptes craquelures...

... Mais de cette abstention consentie, puis décidée, je donnerais volontiers une raison de surcroît : c'est d'une âme d'abord et presque exclusivement d'une âme que je souhaite en toute simplicité de retenir ici même, quelque chose *du double,* comme s'exprimaient de façon touchante, à propos de leurs morts, les vieux Égyptiens.

Il y a plus : c'est d'une âme qui a su jalonner son passage, marquer sa rapide *ostension* à la terre de signes certains, de preuves non équivoques de prédestination. Et en présence du fait, la tentation se présente, devient vite obsédante, n'est-il pas vrai, de retoucher à plaisir l'état civil de la terre, et en lieu et place de ses données officielles, de citer ici avec obstination, comme date authentique de naissance, le jour où ... « l'âme s'échappa de sa prison périssable », suivant le mot descriptif de Platon, où « elle fit échange de vie », au dire plus délicieux de la liturgie catholique, dans son admirable préface de la messe des défunts.

Dies natalis, jour natal, joyeux anniversaire de nativité, n'est-ce pas de ce terme paradoxal, dont l'adaptation actuelle contient pourtant tout un monde de vérités et d'espérances, que l'Église salue, fort gracieusement du reste, le décès de ses saints dûment catalogués et le rappel périodique de celui-là ?...

. . . .

« Fils des Saints », c'est aussi l'un des titres de noblesse que tout chrétien reçoit au baptême avec droit strict au patronage spécial de quelqu'un ou de quelques-uns des princes de la cour céleste. Dans le cas présent, saint Charles Borromée fut choisi pour le fils comme il l'avait été jadis pour le père.

Et pourtant si l'élection du premier prénom eût été à peine inspirée, comme le voulait jadis la coutume aujourd'hui désuète et d'ailleurs regrettable, par les circonstances de l'arrivée de l'enfant, c'est bien de quelque synonyme parlant de Désiré ou de Bienvenu, ou mieux encore de Déodat qu'il eût fallu l'appeler ; car son apparition en ce monde avait été souhaitée avec une ferveur d'une telle intensité qu'elle en avait donné longtemps dans l'inquiétude, puis, le fait une fois accompli, accueillie respectueusement d'en haut avec une reconnaissance et des actions de grâces·qui volontiers, associées qu'elles étaient à la même allégresse privée, sinon aux mêmes intérêts dynastiques et nationaux, se complaisaient à augurer du petit prince charmant comme d'un second *enfant du miracle*, à l'historique instar de l'infortuné duc de Bordeaux, d'auguste et pieuse mémoire, Henri... *Dieudonné* de France... ou mieux encore et au demeurant sans plus de frais ni de vaine gloriole, de quelque nouvelet Jean le Précurseur d'une mystérieuse venue.

La conséquence immédiate, fatale, devrais-je dire en toute autre occurrence, c'est qu'il fût tout de suite, on le devine, choyé d'importance. Et cependant, — n'est-ce pas là sa première caractéristique, son premier défi à la loi générale ? — jamais plus tard, en en prenant conscience, il ne décèlerait quoi que ce soit de l'enfant gâté. Même à l'étudier de près, on ne l'aurait point deviné fils tard venu, fils unique, ni hors de la famille, ni au foyer paternel.

Le foyer paternel ! elle vint enfin à sonner, l'heure fatidique, inéluctable, longtemps appréhendée, où il fallut en échanger, contre la vie de collège, la chaude intimité, déjà prolongée peut-être outre mesure...

Le foyer avait eu ses annexes de prédilection : c'était l'antique église paroissiale dont Charles aimait surtout les cérémonies, et où, sans prétention, il figurait aux jours de fête, en tête du groupe des enfants de chœur, et comme leur prélat, en tenue vraiment... pontificale. C'était aussi le cimetière... oui, le cimetière, où il marquait volontiers ses préférences pour telles ou telles

tombes de son goût, avec une insistance qui s'imposait peu à peu à l'esprit maternel, et jusqu'à devenir la hantise d'un affreux pressentiment . . . .
. . . .

...Ce qui résulte en principe de la toute première éducation, quand celle-ci fut solitaire, privée et en même temps mignotée, c'est bien, chez l'enfant, la précocité d'épanouissement, printanière poussée de délicatesse hâtive pour l'entendement et la sensibilité...

La fleur prématurément éclose dans une tiédeur de serre ne se doit transplanter en terre commune qu'avec les ménagements convenables....

Malgré tout, pénibles furent ses débuts d'internat à l'école libre de l'Immaculée-Conception de Saint-Dizier. Plus que de son personnel sacrifice, il souffrait de la souffrance qu'il se trouvait occasionner sans le vouloir et qu'il découvrait, qu'il ressentait chez les siens, malgré la sollicitude de ceux-ci à lui dérober leur chagrin de son éloignement.

Je le vois encore ne se mêlant qu'avec peine aux joyeux ébats de ses petits camarades dans le temps des récréations ; si l'entrain communicatif de la troupe turbulente finissait par le gagner, les traits de son visage jeune et déjà grave ne se détendaient qu'à demi. On eût dit que cette concession même minime à la gaieté commune lui coûtait par trop, et que c'était là, à son avis, déserter la petite patrie, pays de ses rêves, abandonner en chemin l'effort persévérant où il s'obstinait à ne rien oublier du nid et de l'aile maternels, faire diversion coupable à la pensée de sa mère, cette pensée continuelle réciproquement promise comme remède préventif contre l'éventuel oubli, comme vengeance à exercer sans trêve ni merci contre la cruelle séparation.

Oui, il y avait nettement toute une complexe psychologie d'adulte, dans cette physionomie lorraine de dix ans, à l'ovale osseux et volontaire mais sans dureté, aux traits miniaturés d'une délicatesse veloutée de pastel, au regard songeur mais parfois aigu des vieux Latins, au sourire des lèvres à peine désenchanté, bref, à l'expression d'ensemble plus posée, plus réfléchie que l'âge ne l'eût comporté,... semblant chercher sous l'ombrage des platanes si le vent arrivait à lui du nord-est, pour y cueillir, sur ses ondes caressantes et sonores, un baiser de sa maman, ou si au contraire il confierait à la direction opposée de son souffle propice, le même message de tendresse. . . . .

. . . .

La cloche de l'étude interrompait le rêve...; alors, séance tenante, comme dans un instantané changement à vue de féerie, le mignon *méditatif* disparaissait avec une parfaite aisance, et, à sa place, il n'y avait plus en un clin d'œil que... le *combatif* résolu, faisant visiblement effort sur soi, écartant avec une insistance fougueuse, entêtée, parfois manifeste à l'excès, les distractions aimées, mais jugées ou pressenties par trop incompatibles avec l'assimilation déjà laborieuse de la petite leçon ou la rédaction du devoir...

Et n'est-ce pas là un autre trait accentué de cette originale et neuve nature que l'obstination, la tension de la volonté d'une part, et d'autre part la vivacité et la spontanéité de l'élan s'y soient, à point nommé, rencontrées de conserve, à la dose infime, initiale qui est l'habituelle mesure du jeune âge, je le veux bien, mais enfin dans un fusionnement qui demeure l'exception et où le divorce fait loi...

Oui, âme ardente et primesautière, et à la fois tenace et opiniâtre ; âme que les moyens termes de la vérité, que les compromissions spéculées en face du devoir ne satisferaient jamais ; âme qui un jour demanderait sans hésitation *au vrai* et *au bien* d'avoir pour elle quelque chose de net, de catégorique, d'outré même et que rien des conséquences n'effraierait dans la conduite de la vie ;

âme à la pensée claire en même temps qu'à la décision énergique, évoquant déjà soudainement et à l'improviste cette puissante et allégorique représentation du *Penseur* imaginée jadis par le génie de Michel-Ange, d'un guerrier en armes appuyant son front à la hampe de sa lance... : telle, à l'œil exercé, à l'esprit averti de ses premiers maîtres, apparaissait sans doute encore dans ses langes, mais avec quelles promesses riantes pour l'avenir, l'âme de Charles . . . .

III

L'ON comprendra dès lors que si le souvenir des siens, si la vision de sa mère revenaient ensuite par aventure à l'esprit de l'écolier au travail, c'était non plus dans le décor magique du foyer regretté, mais comme l'excitant à l'effort, comme le motif, sans contredit l'un des plus stimulants, de vaincre dans ses assauts, de réduire dans ses plus lointains retranchements l'horreur de la gêne, la naturelle nonchalance.

Cette ardeur à la tâche, preste, mouvementée, qui chez lui n'était pas exclusive, je l'ai montrée et je ne m'en dédirai point, d'application soutenue, il la pratiquera toute sa vie.

Une preuve qui m'en convainc après coup, plus encore

que l'ont fait, de son vivant, ses succès de chaque trimestre et pour couronner chaque année scolaire, ses
nombreuses et belles inscriptions au palmarès, c'est cette
préoccupation constante et constamment en éveil· de son
devoir d'état, l'étude, laquelle se lit à tout propos, à
chaque page, dans sa correspondance ou son carnet
intime. Il l'exprime à son insu, il la trahit le plus souvent, et suivant l'âge et aussi les circonstances du moment, sur le mode ou bonnement satisfait, ou lyrique
avec une pointe d'enthousiasme, ou à peine tragique
comme on le verra ; il n'y a, en tout cas, jamais place,
dans la série des vibrations de son âme, pour le moindre
découragement. Il eût été de taille à faire sienne à la
rigueur la devise de Guillaume d'Orange : « Pas n'est
besoin de réussir pour persévérer » ; il sut d'ailleurs, dans
une courte impasse de quelques mois, se contenter, on s'en
rendra compte, de la satisfaction du devoir accompli, se
souvenant à propos, à l'école de Louis Veuillot, que « Dieu
ne nous a pas ordonné de vaincre, mais de combattre ».

. . . .

Charles est en troisième. Il écrit à ses parents en no-
vembre 1909 : « Aujourd'hui dimanche, longue étude du
soir qui me servira à préparer la composition d'histoire
et de géographie ; là j'espère tenir, sans compétition
possible, la-tête de ma classe, puisqu'il en est ainsi depuis

ma septième. » Ce que la lettre ne dit pas, c'est qu'il eut même plusieurs années, au palmarès, un prix *hors concours* dans cette faculté.

Du 5 mars 1911, classe d'humanités, du même aux mêmes : « La composition de cette semaine était en mathématiques. Je suis deuxième sur neuf. Je dois ajouter en toute sincérité que, vu mon aversion profonde pour les mathématiques (!) et malgré mon travail, il faut attribuer cette place plus à l'effet du hasard qu'à mon propre mérite. »

Une autre fois : « Aujourd'hui dimanche, jour de repos, nous n'avons pas de devoir spécial ; cela paraît facile ; et pourtant j'ai à terminer une version latine déjà ébauchée, une version grecque dont j'arrive difficilement à saisir le sens, et enfin un devoir d'allemand. Vous voyez que la besogne ne chôme pas et c'est du reste fort heureux. »

Au début de sa quatrième : « Ce temps gris d'octobre porte à la mélancolie, mais pas à regretter les vacances car on travaille dur... » De même au commencement de ses humanités, à un ami qui avait manqué le rendez-vous de la rentrée d'octobre : « Franchement, je m'ennuierais ici sans toi, si le travail ne m'assurait une perpétuelle distraction. » Distraction, je le veux bien, mais soldée d'avance à son prix coûtant !

Car de l'étude ardue, laborieuse, exigeant tension et peine, le cher enfant eut décidément la ferveur poussée jusqu'au scrupule, je dirais volontiers avec plus d'exactitude jusqu'à la superstition ; à preuve encore, cette résolution écrite de sa main parmi tant d'autres, et prise une fois pour toutes, à l'occasion des sorties mensuelles : « Je mettrai toujours, et coûte que coûte, mes devoirs en ordre pour le jeudi à midi, afin que mes études ne souffrent en rien du congé. »

... D'une autre lettre du 4 avril 1909 : « Si je suis un peu fatigué, — car je n'ai pu obtenir ces excellentes places que je vous énumère avec joie sans travail, sans ce qu'on nomme vulgairement un *bon coup de collier*, — je vois venir avec plaisir les vacances de Pâques qui seront la période du repos. »

Le « bon coup de collier » l'enfant, l'adolescent, le jeune homme en connut par gradations successives, en expérimenta à petits coups, la nécessité et corrélativement la difficulté ; ses aptitudes, quelles qu'elles fussent, ne le dispensaient en aucune manière de l'effort, et dans son acharnement à saisir le sens d'une version, la donnée d'un problème, ou à s'assimiler à fond quelques pages de ses auteurs, la lassitude physique le gagnait trop tôt à son gré: alors d'un rapide regard projeté vers le crucifix de la salle d'étude ou de classe, il fauchait un regain d'énergie, et recommençait, suivant le beau mot d'ordre de Lacordaire, de se crucifier soi-même à sa plume,... admirable manœuvre certes d'assouplissement et d'endurance pour l'éducation de l'entendement et de la volonté, gymnastique intellectuelle et morale de tout profit pour l'écolier soucieux de son perfectionnement, et par surcroît, si l'on veut bien y regarder d'un point de vue plus élevé, illustration de fortune ou d'à-propos rehaussant et dramatisant à merveille cette parole d'or de M. René Bazin sur la formation complète des « *hommes de demain* » à savoir que : « La vie n'est pas faite pour être *vécue*, mais *vaincue !* »...

De cette *lutte pour la vie* de l'esprit, je retrouve au sujet de Charles des traces sanglantes, jusque dans cette maxime d'Évangile, vraie fiche d'entraînement, si l'on peut s'exprimer ainsi, inscrite à dessein, pour qu'elle fortifiât son courage à temps voulu, sur la couverture d'un manuel qu'il lui coûtait davantage, par contrariété de goûts naturels, d'ouvrir et d'étudier : *Venite ad me... qui laboratis et onerati estis, et ego reficiam vos...*

Vous qui souffrez, venez à Lui, car il guérit
Vous qui *peinez*, venez à Lui, car il sourit

et son sourire divin suffit à réconforter...

. . . .

Voici venir l'heure grise et terne de la crise, le ténébreux temps de l'épreuve. La discrétion seule m'empêche d'en préciser l'époque; mais tout le reste est intégralement transcrit d'une lettre confidentielle à ses parents. Le ton, on s'en rendra compte, plane bien au-dessus des classiques récriminations dont se rendent coutumiers cette catégorie de mécontents à perpétuité, cherchant sans relâche à côté d'eux, quand ils trouveraient si facilement en eux, les vrais motifs de leurs insuccès habituels, de leur sempiternelle déconvenue.

...« Depuis quelque temps, j'obtiens en version latine des notes plutôt médiocres. Parfois le professeur éprouve le besoin de surenchérir encore en crayonnant en tête de ma copie un *mal* ou un *négligé! Mal*, je comprends et j'admets très bien : la version n'a pas été saisie ; mais pour *négligé*, je proteste ; non, mes versions latines n'ont pas été négligées ; elles ont toutes, toutes sans exception, exigé un temps variant de deux heures à deux heures et demie. De plus, j'en ai une preuve irréfutable que je puis produire à mon professeur. Ce sont mes brouillons tout raturés et corrigés plusieurs fois. Après cela, si on prétend que je travaille en amateur, ma conscience du moins ne me reproche rien. On peut ne pas réussir... Quand on sent qu'on a travaillé autant qu'on le doit, on s'occupe peu du résultat et on s'en remet à la grâce de Dieu. *Fiat !* » Puis encore la semaine suivante : « Si le succès continue à ne pas venir j'aurai du moins la consolation du devoir accompli : je n'ai rien à me reprocher et la justification de la conscience vaut mieux encore que les couronnes, les prix et les diplômes.

« Ma devise est celle-ci : Fais ce que dois, advienne que pourra !

« Dieu a parfois sur nous des desseins insondables et s'il est pénible, très pénible à l'amour-propre de perdre plusieurs places dans sa classe et d'essuyer des reproches immérités il est toutefois agréable de se soumettre humblement à la volonté de celui qui régit l'univers... »

...En toute miséricordieuse justice, Celui qui régit l'univers et règle jusqu'à la minutie extrême la destinée des humains, ne pouvait laisser un plus long temps sans récompense, la manifestation de tant de sagesse prématurée, l'utilisation si raisonnable et si chrétienne de l'épreuve, maîtresse éducatrice de volonté et de foi, une telle ténacité dans l'effort même dépouillé par avance de l'attrait du succès et caché sous le vêtement rigide, austère, du labeur sans compensation visible...

Après l'éclipse, le soleil reparaît, et sa splendeur, dirait-on, en est plus éclatante. De fait, dans la correspondance qui suit, le chant de triomphe, désormais ininterrompu et plus accentué que jamais, est entonné à nouveau après un silence de plusieurs semaines, et prend définitivement la place des constatations moroses qui précèdent ; le refrain est d'un texte uniforme rarement retouché, mais sûr de n'engendrer nulle monotonie, ni du côté de l'envoi, ni du côté de la réception. En voici le leit-motiv : « Victoire !... Je suis heureux de vous communiquer encore cette semaine une prime *rose* avec mes quatre *cinq* (le maximum des points à obtenir en application et en discipline, signifié déjà par la couleur du bulletin) et en plus, comme vous le verrez, une excellente place de composition. Tout va bien. »

IV

ᴇᴘᴇɴᴅᴀɴᴛ, le dimanche suspendait de droit la tension habituelle, et introduisait dans la salle d'étude l'officielle relâche ; il demeurait bien entendu facultatif de s'en priver au moins en partie au profit du programme, mais il fallait prendre sur ce temps pour correspondre avec la famille : énoncer ce droit accosté de ce devoir, c'est du même coup, on l'a vu et on·le verra, exprimer la conduite de Charles.

Avec quelle joie intérieure ne voyait-il pas arriver à lui l'élève au rôle providentiel de moniteur, chargé de déposer sur chaque pupitre le précieux papier et l'enveloppe.....

Cette liasse de lettres, je l'ai exhumée à mon tour de son coffret d'ébène qui me semblait parfois

Le tout petit cercueil d'un cœur.

J'en ai tourné un à un les feuillets, depuis les premiers déjà jaunissants où une menotte de huit ans s'exerçait, inhabile encore mais déjà résolue, jusqu'aux dernières lignes à la cursive ferme, régulière, assurée ; ils m'ont fait l'impression d'être un code ou, si l'on veut, une somme vivante et à la fois vécue de la piété filiale. Il y entre dans les moindres détails de sa vie de collège, laquelle est toute paisible et comporte pour l'ordinaire si peu d'événements ; mais c'est par plaisir de donner le plus de son temps libre aux siens, et parce qu'il sait répondre ainsi à leur attente parfois exprimée, le plus souvent devinée. « Maman Palmyre — sa grand'mère — me disait il y a quelques jours qu'elle aime que mes lettres soient longues, longues ; c'est pourquoi je vous parle de tout notre petit courant journalier. Il est onze heures ; je vais continuer une dictée et ensuite faire six problèmes. Au revoir donc ! » (du 10 mai 1908).

Maman Palmyre, une sainte femme s'il en fût, à qui l'on n'avait pas eu besoin d'apprendre *l'art d'être grand'mère*, vint à mourir. Le petit-fils fut vivement affecté de ce premier deuil familial ; mais il s'abstint de pleurer à la manière de ceux qui n'ont point d'espérance... l'espérance du revoir. Bien plus, il s'efforçait à distance d'adoucir à chaque anniversaire la peine de sa mère, en lui transmettant les motifs de sa personnelle consolation : « j'aurai donc, à la Toussaint, deux petites journées de congé pour vous revoir et aller prier sur la tombe de celle qui nous quitta il y a bientôt trois ans, ma chère maman Palmyre, qui nous protège maintenant du séjour des élus !... Et comme à côté de chaque pensée de tristesse, Dieu dans sa bonté a su placer une joie, comme il n'y a pas de roses sans épines mais non plus d'épines de rosier sans roses, j'aurai le bonheur de fêter en famille la saint Hubert, patron des chasseurs et surtout la saint Charles, patron de mon père et le mien » (du 30 octobre 1910).

Très souventes fois, je l'ai remarqué en suffisance pour pouvoir dire : presque à chaque lettre, ce solide témoignage de gratitude filiale et d'attachement revient sous sa plume : « Ce matin j'ai eu le bonheur de communier : j'ai bien prié pour vous et à toutes vos intentions... »

Et sans craindre l'abus du mot propre, *le seul qui convient* comme explique La Bruyère, sans redouter la monotonie ou la banalité d'une expression qu'il a reconnu une fois pour toutes rendre au superlatif, à l'adresse des siens, le son juste de sa belle âme, et qu'il redit sans se lasser ni se répéter jamais, il termine générale- ment de cette façon : « Votre fils qui vous aime *infini- ment* », l'adverbe de quantité souligné trois et même jusqu'à cinq fois.

Pour les relations de famille, à l'internat, le jeudi est meilleur encore que le dimanche, autant qu'il est meilleur de converser en tête à tête, à cœur ouvert, que de se confier en tiers à l'intermédiaire obligeant du papier et de la poste.

Cette préférence Charles la sentait au vif, la goûtait à la comparaison, la savourait volontiers à l'abstrait ; mais il ne jouissait guère de la rencontre du parloir que par anticipation et frais d'imagination, étant de ces âmes caractéristiques pour qui le bonheur présent n'éveille que l'idée de sa fuite prochaine, la pensée de sa rapidité de rêve..... L'arrivée de sa mère lui parlait trop de son départ ; la joie des effusions câlines, ingénues de l'enfance, ou plus tard retenues et posées de l'adolescence, était trop et trop visiblement neutralisée, intoxiquée par ce venin sournois,... telle l'épine dont il parlait lui-même tout à l'heure, telle l'épine au dard trop proche de la rose, ou encore le hideux vermisseau menaçant l'intégrité d'un lys fraîchement épanoui, dont il va déchiqueter sans retard la coupe immaculée... Aussi bien, notait Ducis, dans une épître à Bernardin de Saint-Pierre, il n'y a point de fleur qui n'ait sa chenille, point de fruit qui n'ait son ver, point de plaisir qui n'ait sa douleur ; notre bonheur n'est qu'un malheur plus ou moins consolé.

Un jour que dans l'ombre anguleuse du grand parloir, sa mère avait deviné avec plus de netteté cette disposition mi-gaie mi-triste de Charles et que la moitié triste de son âme inquiète corrodait par petits fragments la moitié gaie à mesure que l'heure intime s'écoulait, elle se prit à énumérer avec une complaisance, à bon escient exagérée, les avantages de la vie de collège sur la vie de famille... Et certes, la pauvre mère avait dû sans doute bâillonner d'importance son propre cœur, pour laisser parler ainsi d'autorité sa seule raison... L'enfant écoutait, convaincu au fur et à mesure des arguments maternels. Mais au moment de conclure en accord avec elle : « C'est juste, dit-il en guise d'adieu, mais si je bénéficie sur place de tant de choses précieuses que je n'aurais pas à la maison, toi, maman, *je ne t'ai plus.* »

. . . .

..... Maman, je ne t'ai plus!.. Les rôles sont inter-
vertis ; c'est à la pauvre mère à reprendre aujourd'hui
à son propre compte l'expression typique, aux termes
renversés, d'un regret, d'une privation sans compensation possible. Elle n'y manque point, hélas ! s'abandonnant à l'excès de sa douleur jusqu'à ne vivre plus que
d'elle.

« Mon enfant, je ne t'ai plus! » redit-elle en franchissant
chaque jour et même plusieurs fois le jour, et par les plus
mauvais temps, le trajet de la maison au petit champ
du repos, lequel borne désormais l'horizon de ses sorties
autant que de ses rêves terrestres... La mère n'a plus
son enfant! et quoi donc désormais d'attrayant pour
elle, dans la fleur inclinée pourtant au passage de tant
de douleur, semblant y compatir mystérieusement et
l'exprimer par son pieux frôlement et sa caresse alan-
guie, comme jadis les palmiers du désert se penchèrent
par pitié vers la sainte famille fugitive... s'il faut en
croire du moins les primitifs d'Italie...

Heureuses fleurs que Charles préférait et qu'il culti-
vait avec soin dans son jardinet à lui ! Fleurs qui se
dessécheront, se faneront et mourront elles aussi à
l'automne, mais du moins pour reverdir et s'épanouir à
nouveau au printemps suivant, mais *lui* ne reviendra

pas !... La mère n'a plus son enfant ! et de quelle allégresse communicative réussirait donc à l'égayer le chant des oiseaux, que Charles écoutait si volontiers, dont il aima dès l'âge le plus tendre à observer, pour les différencier dans sa mémoire, le ramage ou les vocalises, le gazouillis ou les trilles, soit sous la feuillée, soit dans le voisinage de la maison qui leur était hospitalière... Hirondelles sûres de l'abri respecté, réservé, on ne remarque plus de vous que la toilette de demi-deuil ! Rossignols, fauvettes, merles siffleurs, vous ne risquez plus de plaire que par les *lamentos* de votre répertoire !.. Oiseaux que l'arrière-saison chassera, eux aussi, des cachettes du toit et de la charmille au taillis accueillant, mais du moins au printemps suivant ils reviendront, eux ; *lui* ne reviendra pas . . . .

. . . .

Et pourtant, ô mère, vous vous trompiez : il reviendra ! Oui, vous en avez la parole immuable, indéfectible du Christ Dieu, et votre foi en Celui qui est Vie et Résurrection n'a jamais chancelé. Elle ne saurait être déçue! Il reviendra : car, un jour, — le Seigneur l'a promis par son prophète, — la terre rendra ses trépassés !... Ainsi le grain de blé confié aux sillons de la glèbe réapparaît en épi doré...

Et sans aller jusqu'à l'infaillible et bienheureuse réalisation de cet invincible espoir, est-il bien vrai d'abord qu'il soit parti !... et qu'il ne soit donc point de taille, — Dieu nous garde, n'est-ce pas, d'une telle injure à sa mémoire ! — à tenir la promesse sacrée que nous reçumes tous pieusement de nos morts aimés : « Sans doute » nous ont-ils dit ou laissé deviner « sans doute,

> Tu ne me verras plus ; mais mon âme immortelle
> Reviendra près de toi comme une sœur fidèle.

. . . .

RAPPELLE-TOI ! »

Baiser d'adieu, dernière étreinte, suprêmes embrassements, n'est-ce point là votre murmure, votre éloquence, votre serment,... toujours ?

Murmure ou discours ou serment ne sont nullement trompeurs. Si, sur la terre, l'amour est ingénieux à combler les distances, si même il peut se targuer allègrement et à bon droit de les ignorer, nous sentons bien que retournés à Dieu, les nôtres n'en sont pas moins pour autant près de nous, qu'ils nous avoisinent de plus près même que de leur vivant, puisqu'ainsi, disait un saint père de famille au lit de mort de sa fille, de deux cloisons de séparation, déjà l'une est abattue...

... Et encore, et plus que cela, ô mère ne prend-*il* pas dès ici-bas sa large et noble participation à cette reviviscence périodique de la nature, en faisant germer, à échéances plus rapprochées et donc plus fréquentes que celles de chaque printemps, d'innombrables semences de vertus chrétiennes, par ses exemples sans doute, mais aussi, quoique plus mystérieusement, parce que dans la grande famille humaine le présent contient le passé, parce que les vivants prolongent les morts, parce que nous avons en nous, à notre insu, les espoirs, les aspirations, les bienfaisances, les transfigurations de nos chers défunts.

Nous croyons marcher sur la cendre inerte des morts, remarquait le vicomte de Voguë, en réalité ils nous oppriment ; nous étouffons sous leur poids ; ils sont dans notre sang, dans la pulpe de notre cervelle : et surtout, quand les grandes idées, les grandes passions entrent en jeu, écoutez bien leur voix : ce sont « *les morts qui parlent !* » . . . .

... Non non, ils ne cessent pas de vivre, ceux dont l'esprit a pénétré le nôtre d'une telle imprégnation. Ils ne cessent pas de vivre, tout en enrichissant de son plus précieux lot, ce que M. Maurice Barrès, le bon génie de la Lorraine, appelle d'un mot décisif et lumineux « l'héritage social ». . . . .

. . . .

Pour apprécier le réussi et la solidité parfaite de cette suture sentimentale, si j'ose ainsi parler, de l'enfant et de la mère, il faut encore y revenir.

Imaginez à loisir une *piété filiale* dont les tendres nuances, les fibres délicates s'agrémentent et se stimulent à la vibration de toutes les nuances spéciales à l'*amitié ;* mais le tout, en s'assortissant à merveille par des combinaisons réciproques, des compénétrations successives, jusqu'à se fondre tout uniment en une sorte d'alliage d'apparence irréductible de deux métaux précieux, or et argent, une façon de vermeil inaltérable... C'est que pour Charles, au pied de la lettre, sa mère fut, en plus de sa mère et à titre égal, sa grande amie.....

Puis, un jour ou l'autre, y avait-il eu quelque courtois et vague conflit entre les deux sentiments en semblable exercice ? et le dominateur avait-il à la longue noblement réduit l'autre jusqu'à l'immobiliser sans vergogne ? Toujours est-il que sur la fin, l'un d'eux — le plus naturel et le primordial — n'apparaissait plus qu'en tutelle de l'autre, presque absorbé en lui et par lui.

Et alors vous auriez dit en vérité que la tendresse, à la variété si solidement complexe au prime abord, de ce fils unique pour sa mère, — or et argent, disions-nous : argent de l'amour filial classique, or du chevaleresque et généreux dévouement, — se serait volontiers résolu en dernière analyse et sans rien de plus, en l'assemblage à présent simplifié des éléments constitutifs de cette union où les âmes, comme a écrit Montaigne de l'amitié parfaite, se meslent et confondent l'une l'autre d'un meslange si universel qu'elles effacent et ne retrouvent plus la cousture qui les a joinctes.

Sa seule manière de dire « maman » était d'ailleurs significative.

Il m'arrivait de le plaisanter doucement sur cette habitude, qu'il avait conservée à la conversation, de ne citer sa mère que par cette appellation si gracieusement familière aux bébés : *maman*, — et encore avec un accent et sur un rythme où il faisait passer, tressaillir toute son âme, — alors qu'il désignait son père, non par la dénomination correspondante « papa », mais un respectueux et plein de vénération *mon père*.

Sans porter le moins du monde préjudice à l'affection, un peu plus réservée comme il arrive, qu'il conservait à son père, on peut bien dire que sa mère fût la grande idole de sa vie, et que le culte dont il l'entoura dépassa la commune mesure des enfants bien nés...

. . . .

A ce culte, il fallait aussi hélas! une solennelle consécration, un sacrifice ; il fallut un Calvaire, et pour parvenir à ce Calvaire, un long chemin de croix de sept semaines.

Sept semaines d'exil, d'isolement sur la terre étrangère où ils étaient allés de compagnie demander soulagement et guérison à l'influence trop vantée peut-être d'un climat réparateur ; sept semaines d'agonie réelle pour la mère comme pour le fils ; *la mère* assistant impuissante au fléchissement de la tige, au péril de flétrissure menaçant la fleur, souffrant atrocement au cœur brisé, à la poitrine défaillante de son cher malade, passant des journées de vingt-quatre heures à son chevet sans désemparer, se composant à tout instant le visage pour afficher, aux yeux fiévreusement investigateurs du patient, l'exacte antithèse de son perpétuel cauchemar à elle : la joie de l'espérance, la certitude de la très prochaine convalescence, faisant effort pour esquisser de ses lèvres de navrants sourires trop tôt démentis par les yeux ; *le fils* trop conscient malgré les physionomies grimées et les propos truqués des médecins et gens de service, de la dissolution graduée de son organisme et de ses énergies, de son progressif dépérissement, et sans répit se raidissant contre soi-même pour cacher à sa mère l'anxiété qu'il en ressentait, pour lui dissimuler surtout le paroxysme aigu de sa torture, ainsi diagnostiqué après auscultation personnelle, par François Coppée : la douleur physique, il faut bien s'y résigner ; la mort, on l'appelle dans les supplices ; mais la pensée qu'en souffrant on fait mal à ceux qu'on aime et dont on est aimé, et qu'en disparaissant, on va les réduire au désespoir est une pensée *intolérable*..... Cette vie, sans relâche, pendant sept semaines de jours et de nuits d'insomnie ! puis, le retour précipité au pays natal, à petites et rudes étapes, puis la dernière station douloureuse, puis la consommation du sacrifice...

...Ici-bas, décidément, a écrit quelque part Mgr d'Hulst, l'union est indissoluble entre l'amour, le sang, les larmes...

V

Une question peut ici se poser. Ainsi assujettie, accaparée à ce degré par la piété filiale, la vie affective de Charles n'en subit-elle point, par une conséquence obligée et jusqu'à l'exclusivisme, la contrainte ? La brèche si démesurément ouverte à l'épanchement de cette prédilection, que resterait-il pour d'autres issues ?

Autant demander à brûle-pourpoint si cet attachement mutuel du fils et de la mère n'était pas plutôt de fausse frappe, et si à le considérer de près, on ne serait point aisément parvenu à y surprendre les indices et comme le masque grimaçant du sot *égoïsme à deux*.

Non, c'est sous la seule réserve de n'être pas ennobli, surélevé, rapproché du ciel par le christianisme et sa belle ordonnance réglée, graduée des affections légitimes, que l'amour reste un amalgame indécis, résidu trop souvent fangeux, de ce que nous remarquons en nous de meilleur et de pire. Au contraire, large fut ici la part faite à Dieu et aux pauvres, on en jugera à son heure ; aux supérieurs et à l'amitié, on va le voir...

. . . .

N'est-ce pas M. Paul Bourget qui a peint de la sorte, après l'avoir saisie sur le vif avec cette précision de mécanisme et cette sûreté de touche qui lui sont coutumières, la jolie nuance de sentiment de disciple à maître : comportant d'une part *le respect tendre*, et de l'autre, quelque chose de plus subtil encore et de non moins délicat, le sentiment de *la responsabilité dans la protection*.

Les manifestations d'un tendre respect, Charles ne les ménagea point à ses professeurs. De la responsabilité dans la protection, il découvrit en eux des linéaments assez puissants, pour se croire sans témérité entouré, enveloppé par eux d'une sollicitude toute familiale.

Dès ses débuts de collège il en fit gracieusement la confidence à sa mère : il avait su voir dès l'abord en chacun d'eux, comme il le disait lui-même, autant de *pères*. Si ces derniers, on le conçoit, lui en facilitèrent l'aveu, les siens de leur côté s'en réjouirent, loin de se sentir émus de cette méfiance jalouse, despotique, bourgeoise à l'excès, à l'endroit de tous ceux, fussent-ils les dépositaires attitrés et consentis d'une parcelle de leur autorité, dont redoutent l'emprise certains parents naïfs, se voyant déjà dépossédés d'un peu de leurs enfants... Rien non plus d'ailleurs, dans les conversations ou les relations du père ou de la mère de Charles, où celui-ci pût discerner, un seul instant et dans le moindre détail, l'estimation de ses maîtres ravalée cavalièrement à l'évaluation vulgaire sinon mercantile, de fournisseurs patentés débitant seulement une spécialité d'articles d'un genre à part : littérature, sciences, langues, histoire, etc...

Tout au rebours de ces procédés ou mesquins ou triviaux, dans l'intimité de la famille, et quoiqu'il n'en fût d'ailleurs pas tant besoin, Charles fut bien plutôt aidé de toutes façons, incité même sans cesse ni répit, à propos et à contre-temps, à l'estime affectueuse de ses supérieurs. Il leur voua sans effort ni assujettissement coûteux, un respectueux attachement, une confiance vraie c'est-à-dire sans restriction. A ce contact aisé, à ce rapprochement apprécié de ses « allumeurs d'âmes », ainsi que disait des éducateurs l'illustre Pasteur, il puisa son surcroit d'ardeur et de lumière.

Pour que la famille fût constituée dans son intégrale acception, et transposée dans toute sa gamme du foyer au collège, après avoir identifié ses maîtres avec autant de pères, il lui restait à incarner des frères en chacun de ses condisciples.

Ce lui fut chose aisée et agréable, fort compatible d'ailleurs avec son désir constant et avéré de vaincre ses émules à tout prix et souvent de haute lutte aux examens et aux concours : c'est que, hors de l'étude et de la classe, il n'y avait plus pour lui de lance à courir ni de champs clos, ni de rivalités ou de joutes possibles ; sur tel seuil déterminé, il déposait les armes, remettant au fourreau et de très bonne grâce cet aiguillon d'envie et de gloire, en quoi, selon Pascal, consiste l'émulation...

L'unanime chagrin, et non pas seulement la consternation passagère, que provoqua l'annonce de sa mort, prouva l'estime dans laquelle il était tenu parmi les élèves de sa classe et de sa division ; le souvenir pieux et persévérant qu'ils lui ont voué, en est encore plus l'indice révélateur.

Mais, dans le nombre y eut-il des frères préférés ? Et je ne veux point parler ici des compagnons de travail, de

prière, de jeux, que rapproche certaine conformité de
goûts ou d'aptitudes ou de succès, à moins que tout
aussi fréquemment, ce ne soit leur disparité qui unisse
les extrêmes pour les compléter... La camaraderie en
effet, on l'a exprimé avec beaucoup de bonheur, n'est
que la banlieue de l'amitié. Alla-t-il plus outre? Et, pour
tout dire, connut-il les charmes, j'entends, non de cette
sentimentalité fausse et dangereuse du jeune âge qui
parfois s'essaie, s'épuise en tâtonnements maladroits,
gauches, en mièvreries niaises, édulcorées et même
frelatées, lesquelles ne sont que la contrefaçon puérile,
la parodie en miniature de l'amitié ; je veux dire au
contraire de cette attirance sympathique et bientôt par-
tagée qui séduit un jour ou l'autre, fascine irrésistible-
ment les jeunes âmes dévouées au Christ, s'impose noblement à elles comme l'excitant le plus énergique au bien, la
récompense de la pureté, l'auxiliaire de la douceur humble
et désintéressée, la fleur de la bonté universelle, la
félicité cherchée généreusement dans la félicité de l'ami..

Eh bien ! oui. Dieu lui octroya cette faveur gracieuse
de tremper ses lèvres quelques mois avant sa mort aux
douceurs fortifiantes de l'authentique amitié, « breuvage
de vie et d'immortalité », dit le Seigneur par l'organe du
fils de Sirach.

Je me trompe... A cette coupe enchanteresse il ne

goûta guère non plus que la saveur austère du sacrifice, puisque tout de suite, de par l'impérieuse brutalité des circonstances, ils furent son ami et lui victimes de la barbare séparation, et que le thème de leurs confidences réciproques dut préluder par ce vœu dolent, qu'ils avaient, sans doute sans en saisir alors toute l'amertume, traduit du bon Horace : je t'en supplie, ô navire qui l'emportes, rends-le moi sain et sauf et conserve ainsi cette moitié de mon âme !

> Reddas incolumem, precor,
> Et serves animæ dimidium meæ...

Ce fut là le début d'une correspondance suivie, qui s'efforça de combler la distance de P... à Saint-Dizier ou à Sommelonne ou à Leysin.

Grâce, en mi-partie, à la bienveillance spontanée et à la confiance louable de mon ancien élève H..., — confiance dont l'honneur assurément est pour lui, — j'ai pu parcourir, avec le respect *sacramentel* préconisé en pareil cas par M. Henri Lavedan, cette charmante série de lettres au complet, où il n'y a rien, je le répète en insistant, ni de vulgaire, ni de païen, ni de ces effusions trop tendres dans la chaleur desquelles se dissout, puis se volatilise à la longue, la trempe du caractère.

J'ai cru, à fort peu près, et *si magnis fas est componere parva*, y distinguer bientôt comme un écho dialogué de cette poésie illyrienne des Probatini, suavement imitée plus tard des Montalembert puis des Freppel, où, comme l'on sait, et parce qu'union fait force, deux amis s'enchaînent à jamais l'un à l'autre par un serment religieux et pour le profit et le progrès de chacun dans l'amour de Dieu, des pauvres, de l'étude, de la vertu... C'est pourquoi je fus à peine surpris dans la suite de mettre la main sur le pacte de fidélité rédigé en effet par Charles — il a dû l'être en double, — au début de cette amitié naissante. C'est une longue prière, et encore plus, peut-être, un contrat bilatéral bien en règle avec le ciel, où la fidélité à Dieu est promise, jurée, en échange de « la monnoye de l'amitié, qui est bénévolence et plaisir conjoinct avec vertu ». Je transcris l'acte dans toute sa teneur :

« Seigneur Jésus qui nous avez aimés jusqu'à la mort, permettez-moi de vous confier mes joies. Vous avez aussi aimé saint Jean l'Évangéliste plus particulièrement que les autres apôtres, et voici que vous permettez que mon âme s'attache à un condisciple préféré : je vous en remercie. A vous qui avez tout pouvoir sur les âmes et qui avez favorisé ce rapprochement des nôtres, nous obéirons dans une même humilité. Nous vous aimerons d'un même amour. Et à deux, sous votre bénédiction paternelle et à votre exemple, ô Jésus, nous croîtrons plus facilement en sagesse, en vertu. Notre amitié, nous vous la confions, nous vous l'abandonnons.

Et vous, sainte Vierge Marie, mère pleine de bonté, accueillez vos enfants et conservez-les l'un à l'autre, ô Vierge de Lourdes, d'Einsiedlen et de Benoîte-Vaux. *Monstra te esse matrem !*

Et vous aussi, ô grand saint à qui Dieu a confié le soin de mon salut sur les fonds du baptême, et vous aussi son saint patron, protégez-nous, protégez notre amitié ; assurez-lui la perpétuité et gardez-nous l'un à l'autre pour l'éternité.

Saint Joseph, rendez toute pure notre affection et faites-la croître pour notre bien, la gloire de notre Dieu et un jour la défense de la sainte Église.

Ainsi soit-il !

Plus tard, à son ami au cœur compatissant et robuste il réserva la confidence de sa souffrance, dont il répugnait par trop à sa délicatesse d'accabler sa pauvre mère. Il lui envoyait de loin en loin son bulletin de santé, et ce leur était à tous deux une consolation ; c'est, au surplus et en dernier ressort, le seul document qui nous livre les personnelles impressions de Charles sur sa maladie et la marche de celle-ci.

A la date du 6 mai 1911, il écrit : « Je suis rentré dans ma famille le 25 mars pour cause de fatigue. J'attribue cette fatigue à la croissance et un peu au travail des deux premiers trimestres... Je me suis senti mal à mon aise le mercredi 22 mars. Le samedi suivant, la sœur infirmière a demandé pour moi deux jours de congé. Aux deux jours accordés, j'ajoute six mois... Bien entendu, je n'ai pas gardé le lit un seul instant. Ayant l'estomac fatigué, j'ai dû prendre une nourriture légère, sans grand appétit. Aujourd'hui, je vais bien mieux, sans être absolument rétabli. Le docteur m'ausculte et me trouve très bien. Après m'être reposé durant ce trimestre, je partirai en Suisse fin juillet pour achever de me remettre et alors si en un mois j'ai pu arriver à un tel résultat de mieux aller, en cinq mois, je dois arriver à un quintuple résultat, règle de trois... Pour fin août, j'escompte ta visite... Si je ne t'écris pas aussi souvent que je le désirerais, ma pensée ne te quitte guère. Avec toi je laisse courir ma plume sur le papier... Bref, pas d'idylle ! »

Au 6 juin suivant : « Je suis heureux de profiter d'un moment de liberté pour t'écrire. Si je parle de liberté, ce n'est pas que je sois soumis à un règlement comme au collège ; cependant, le docteur m'ordonne de faire beaucoup de chaise longue dans le jardin : c'est, paraît-il, la médecine moderne... Je vais mieux et je compte beaucoup sur la Suisse pour me rétablir entièrement. Je t'enverrai des bords du lac de Genève des cartes-vues du pays... »

Enfin, et c'est le mot d'adieu qu'il rédige sans le savoir au soir du 4 août suivant : « Je suis heureux de t'envoyer un mot depuis la Suisse... Si je ne l'ai pas fait plus tôt, c'est que je ne pouvais guère écrire... Je n'ai pas quitté la terrasse ou la chambre depuis mon arrivée ici, parce que j'avais de la fièvre. Je ne sors pas encore mais je vais bien (?)... Je ne m'amuse pas du tout..... »

Le dernier billet que j'eus de Charles est lui aussi de cette date. Il est conçu de cette façon mélancolique, presqu'en termes identiques. Je me souviens que sa lecture me laissa tristement et longuement songeur ; d'instinct, l'espérance s'en allait peu à peu à tire d'aile, semant dans son sillage les plus noirs pressentiments... D'une même pitié affectueuse et compatissante, ma pensée, par anticipation, rapprochait et unissait les deux inséparables dans une égale fatalité, puisque :

> Le premier des deux endormi
> Qui se coucherait dans la tombe,
> Laisserait l'autre sans ami.

IV

C'EST, depuis longue date, un des lieux communs les plus fastidieux de l'apologétique expérimentale, que les sentiments naturels ne sont point paralysés par la dévotion, mais que bien plutôt, celle-ci les affine et les développe en les épurant. Montalembert en consacrait idéalement la formule, quand il écrivait des saints, après maintes observations vérifiées sous les cloîtres à plein cintre des « *Moines d'Occident* » : ces cœurs deviennent plus tendres, et plus intimement occupés de ceux qu'ils aiment, à mesure qu'ils s'enlacent d'une étreinte plus passionnée au cœur de Jésus.

Si le rapport dut se réaliser pour Charles, nous sommes

en droit, n'est-il pas vrai, d'attendre de lui, en fait de piété, la bonne mesure, et celle même de son attachement à sa famille, de son dévouement à ses amis.

Ici non plus, en effet, rien de mesquin, ni d'étriqué, ni d'égoïste. Sa religion fut solide, expansive sans inutiles ou vaniteuses indiscrétions, progressive sans à-coups ni regards en arrière, et surtout fondée en raisons. Aussi, s'affirma-t-elle avec l'âge en manifestations de plus en plus généreuses ; bien plus, elle ne se démentit de nulle façon en éclipses partielles, durant le temps des vacances. Dans sa nature énergique, tenace, aguerrie, elle rencontra un excellent terrain de production, un parfait bouillon de culture ; et vice-versa, Charles tira le meilleur parti possible de sa piété en obtenant d'elle un rendement de plus en plus profitable à la virilité de son caractère.

D'ailleurs, pas plus aux prises avec les difficultés laborieuses du progrès moral et surnaturel qu'en cours de travail intellectuel, le découragement ne saurait songer à élire domicile, à se nicher sournoisement en quelque repli de son âme. Sa contrition sera sans colère, sans stupéfaction, mais toute dans la conscience de sa propre faiblesse et de la force secourable de Dieu ; partant, une faute ne l'étonnera point ; mieux que cela, elle offrira incontinent à son intrépidité, quelque tremplin flexible,

d'une puissante souplesse, pour se relancer plus avant
dans la marche ascendante vers les sommets de l'idéal...
Ceci est sans contredit d'excellente spiritualité et il en
eut l'intuition avant que la tactique ne lui en fût expli-
quée.

Il n'était qu'en septième : il lui était arrivé malencon-
treusement de marquer, de façon par trop visible, son
mécontentement d'une réprimande légitime. Le bambin
en eut bientôt regret et demanda pardon à son professeur dans un billet respectueux d'une ingénuité touchante, où sans trop plaider les circonstances atténuantes :
légèreté, étourderie, violence de caractère, il préfère se
morigéner soi-même, confesser son crime et en appeler
à l'indulgence de l'autorité lésée. Puis, l'incident une
fois clos, il en consigna le souvenir dans ses notes
intimes : « Je regrette cette faute et je suis fermement
résolu à ne plus recommencer... Ainsi on tombe parfois :
il faut se relever, car Notre-Seigneur s'est relevé sur le
chemin du Calvaire : il faut donc l'imiter et se relever
non comme lui dans sa personne, mais dans son âme,
puis on continue plus vaillamment sa route. »

Ces dernières lignes ne sont-elles pas charmantes
sous la plume d'un ascète de dix ans ? N'est-ce pas là,
et dans une jolie mise en scène, toute la persévérance,
toute la morale chrétienne, où recommencement et repen-

tir, dit encore en toute vérité M. René Bazin, sont les conditions habituelles de l'avancement ?...

Le jour de la Pentecôte de l'année 1905, il fit sa première communion avec quelle ferveur, quels efforts de détachement, quelle conscience de l'acte à l'influence décisive sur la vie présente et l'éternité ! ses impressions de retraitant, consignées dans le détail, en font foi ; et une préparation si soignée ne pouvait qu'aboutir à une démarche de toute sécurité auprès du Dieu-Hostie.

L'heure recueillie d'avant la solennelle initiation eucharistique, en pleine et pacifique maîtrise de soi et par défiance de l'émotion ultérieure et de l'accaparement d'icelle, il libella, dans le genre épistolaire, son hommage-lige au plus débonnaire Seigneur des seigneurs, et le formulaire concomitant de ses humbles requêtes.

Voici, dans toute sa teneur, cette lettre à l'adresse du ciel :

Jour béni entre tous du 11 juin 1905.

Jésus, mon bien-aimé Sauveur,

Oui, désormais, je veux vous chérir, vous être docile, obéir à votre sainte loi.

D'ici (de la salle des retraitants), je vous adore dans le Tabernacle dont vous allez bientôt sortir pour venir à moi.

Puisque, comme c'est naturel, vous ne pouvez rien me refuser de ce que je vous demanderai en ce grand jour, écoutez bien, petit Jésus de l'Hostie :

Bénissez-moi : accordez-moi dé *vivre longtemps* en ce monde, de bien mourir et d'arriver *surtout* à la vie éternelle du paradis. Mais faites avant tout que cette longue vie sur la terre soit pure de tout péché, surtout de *péché mortel*, ô mon Dieu. Oui, gardez-moi la santé du corps, mais *surtout* celle de l'âme en me préservant de la maladie et de la *mort de l'âme* qui est le péché.

Accordez les mèmes grâces à mes bons parents. Amenez en particulier... à communier plus souvent. Facilitez-lui le devoir d'accompagner maman à la sainte messe le dimanche. Faites-les vivre avec moi longtemps sur la terre et surtout éternellement dans le ciel.

Bénissez tous mes maîtres du collège, en particulier M. le Supérieur, mon confesseur, le prédicateur de la retraite, tous les professeurs et plus spécialement les miens! Donnez-leur, s'il vous plaît, les forces de l'âme et du corps. Dans leurs peines et leurs labeurs, soyez leur consolation.

Bénissez mes amis, mes bienfaiteurs, mes camarades et mes ennemis, si j'en ai quelqu'un; en un mot tous ceux que j'aime.

Mon Dieu, faites revivre chrétiennement la France. Faites-la sortir de ses malheurs en accordant aux incrédules, aux impies à tous les méchants, la conversion!

Protégez aussi les pauvres, les malades, les orphelins, les vieillards! Donnez aux agonisants de mourir en votre grâce et ouvrez à tous votre beau ciel!

Quant à moi, je vous promets encore, o Jésus qui lisez en ce moment dans mon cœur, je vous promets de vous aimer de plus en plus, vous si aimable, et d'éviter à tout prix le péché qui vous injurie et vous peine.

Je serai fidèle à la prière de chaque jour, à vous aimer, à vous remercier, à vous implorer, à dire chaque matin et chaque soir les trois *Ave Maria* promis à ma mère du ciel.

C. M.

que Notre-Seigneur avec toutes ses grâces va visiter et combler de faveurs dans quelques instants.

... On n'aura point parcouru sans émotion ni édification, ces lignes de foi vive et neuve, de confiance alerte et tenace, d'universelle charité !

En belle place on aura surtout remarqué l'expression ardente d'un vœu à mention spéciale : celui de compter dans l'existence de nombreuses années, pourvu toutefois qu'elles fussent exemptes de souillures ; vœu d'une longévité bienfaisante et préservée, mais stipulé, dirait-on bien, sous la sage réserve de conserver une âme droite et pure,... l'âme du clair matin de sa première communion ; oui, vœu fervent. mais pourquoi hélas ! sitôt déçu ?

En ce jour marquant entre tous, le jour où, selon l'expression capitale de l'abbé Henri Perreyve, l'on signe son éternité, n'est-ce pas peut-être que, prenant au mot la générosité de l'enfant, Dieu aura, dans sa prescience infinie, ratifié du coup, au bénéfice de la restriction, le souhait conditionnel ?... Seule, en dilatant les bornes si resserrées de notre esprit et le cercle si restreint de nos connaissances, seule, dis-je, l'éternité nous livrera la clef de certains problèmes historiques de l'au-delà, dont il est déjà par trop téméraire et en tout cas bien inutile de formuler dès ici-bas la donnée confuse.

Que notre curiosité oiseuse s'essaye plutôt à modérer

l'élan, à accalmer la fièvre de son inquiète investigation, en s'associant à temps à telle modestie qui lui sied à merveille : il y a moins d'amère déception à s'en tenir au seuil de cette sorte de labyrinthe toujours prompt à se diluer d'ailleurs en mirage séduisant, mais dans la même proportion, trompeur. Aussi bien, notre exploration n'en aura que plus de succès assuré et de bonheur, à diriger ensuite sa pointe ci-devant émoussée, vers un autre mystère moins inabordable et combien plus fructueux à percer : l'horreur du mal moral, surtout à l'état endémique et stagnant, poussée, dans les âmes prédestinées, jusqu'à la préférence cent fois protestée non seulement de la lèpre, à la mesure mesquine et discutée du bon sire de Joinville, mais de la mort...

. . . .

⚓

Pour juger encore plus sainement parce qu'à la faveur du recul, de l'importance singulière de sa première communion dans la destinée de Charles, il n'y a qu'à en examiner le retentissement prolongé dans sa vie ultérieure.

Cette sonorité puissante jusqu'à l'efficace et limpide de cristal de roche, la voici comme tout exprès enregistrée par lui-même, à la distance déjà estimable de trois années :

« Trois ans se sont écoulés depuis ce beau jour, mais il est bien présent à ma mémoire et il l'est à jamais. Je ne revois pas sans émotion les nouveaux premiers communiants de cette année 1908 entrer en retraite. Quels doux souvenirs ils me rappellent. Le cantique disait vrai :

> Celui qui boit à ton calice,
> Jésus, peut-il vivre sans toi ?
> De tout, je fais le sacrifice,
> Mais toi, mon Jésus, reste-moi !

O beau jour que je voudrais revivre, mais qui est bien passé, à ton souvenir, je pleure de joie... O bon Jésus, donnez-vous encore à moi comme au jour de ma première communion. Vous, vous êtes toujours aussi bon. C'est mon cœur qui n'est pas aussi pur. Bon Jésus purifiez-le, et que votre Esprit-Saint le recrée et le mette ainsi en état de vous recevoir dans trois jours, de renouveler solennellement pour la troisième fois ma première communion..... *Deo gratias !* »

Quelques semaines après sa première communion, il

reçut le Sacrement de Confirmation et ses aspirations vers le Saint-Esprit furent d'une avidité rare, d'un souffle haletant et prolongé. D'après ses notes intimes — dont en vérité il faudrait tout citer — on le voit se convaincre d'abord du danger de la réception ratée ou attiédie d'un sacrement qu'on n'aborde qu'une fois. Il en prend acte et conscience pour ramasser comme en un faisceau les énergies éparpillées de son âme et les contraindre, les élever coûte que coûte, et malgré la fatigue occasionnée par la température de juillet, la lassitude accumulée de l'année scolaire, les préoccupations des derniers concours, les élever, dis-je, jusqu'au bienfait de cette Pentecôte renouvelée partiellement à son profit, et d'où il sortira armé de pied en cape, chevalier du Christ !

Sa force naturelle de caractère y gagna derechef un notable accroissement. Il en conserva de plus une confiante dévotion à l'Esprit-Saint, laquelle se traduisit pratiquement dans la suite par la prière fréquente pour le succès de ses études... J'ai sous les yeux à ce sujet plusieurs requêtes de circonstances, et, à n'en pas douter, de sa composition ; son journal de vacances atteste aussi, à la date du 18 avril 1909, qu'à sa visite au sanctuaire miraculeux de Notre-Dame des Ermites à Einsiedeln, ce fut là une de ses principales intentions de pèlerin...

. . . .

A la Noël qui suivit sa première communion et sa confirmation, il fut élu congréganiste de la Sainte-Vierge. Il en manifesta aussitôt à sa famille sa fierté et son allégresse par sa lettre hebdomadaire du 24 décembre 1905 : « Je suis, écrit-il, congréganiste de la très sainte Vierge : c'est une immense joie pour moi. J'ai fait les promesses d'usage, que je devrai tenir toute ma vie et que me rappelleront mon titre et ma décoration... Je suis ainsi plus particulièrement l'enfant préféré, le Benjamin de Marie ; je suis son page, de sa cour intime. Quel bonheur ! et combien j'accepte volontiers en retour les devoirs que cela m'impose : bon exemple partout, en application et en conduite. »

Son insigne de courtisan favori de la Vierge sa Dame, il mettait à s'en parer au collège une sorte d'ostentation ; mais la décoration faisait aussi partie du nécessaire de voyage ! Il ne manquait jamais de l'emporter en vacances, pour les grandes occasions : « Le dimanche, consigne-t-il encore dans son journal en août 1907 de sa chambre d'hôtel à Plombières, le dimanche, je suis fier d'arborer pour les offices et même pour toute la journée, ma médaille et mon ruban de congréganiste de Marie ». . .

. . . .

On juge si la dévotion est de marque supérieure et on la distingue ainsi de ses minables pastiches et de ses innombrables caricatures à son escorte obligée, laquelle représente en même temps le trait le plus significatif de son signalement.

Quand la piété s'embaume de l'odorant et suave encens de la charité, et de la myrrhe au parfum plus discret, moins pénétrant, de la pénitence, il devient difficile d'oser lui discuter son *tempérament* de bon et florissant aloi...

C'était bien là le fait de Charles... De son esprit de pénitence, je n'indiquerai que les raisons raisonnées, quitte à en signaler simplement en chemin la naturelle pondération, la *complexion* bien équilibrée, je veux dire d'un dosage n'oscillant, par excès ou retrait du juste milieu, vers nulle exagération, ou de libertin en herbe, — ce qui est l'abus le plus fréquent, — ou de néo-fanatique, — le cas maintes fois observé des hérésiarques en bas âge, qu'ils soient de haut pavé ou de bas étage, s'essayant déjà sur eux gauchement et hors de propos à la violence, à l'immodération de quelque fougueuse et fausse *réforme*, pour aboutir dans la suite et par réaction forcée, au pire laxisme.

Cette bonne mesure, réglée par la prudence, reine des vertus morales qu'il est toujours très périlleux de détrôner, cette bonne mesure, dis-je, je crus l'avoir remarquée par raccroc, et je la jaugeai sur le champ avec pleine satisfaction, dans une lettre du 25 février 1906 ; Charles était alors en septième : « Voici le carême : rien de changé à notre table, alors il faut se mortifier en observant strictement la règle du collège ! » Et il était enfant, je puis bien dire : il était homme déjà à tenir parole, on le sait... Dans cette voie où l'aiguillon est toujours de rigueur il s'excitait, il s'éperonnait soi-même, par la pensée des fins dernières.

De ses notes intimes, octobre 1909. « Ah ! oui, mille fois oui, il y a un enfer ! Et comme je conçois bien aujourd'hui que ce châtiment dans sa triple horreur ne laisse pas que d'être juste ! Conclusion : *pénitence ! pénitence !* mais en même temps espoir, espoir, car ne va en enfer que celui qui *veut* y aller ! Confiance en Marie!... »

Et une autre fois, peut-être au sortir du sermon : « Je mourrai bientôt ; dans cent ans, ce serait vraiment bientôt, parce qu'au dire de la Bible, la vie est une fumée s'évanouissant très vite, un rêve bientôt envolé ! Et puis où ? En France, à l'étranger, sur mer ? Et puis comment ? De maladie, sous le fer de l'assassin ? Il n'importe... que d'être prêt... Conséquence pratique : inutile de gâter cette partie de soi qui doit si rapidement disparaître : privations de dessert... pénitence facile et agréable à Dieu... »

Et j'ai de quoi sur ce chapitre révéler plus et mieux...
Me le pardonnerait-on ? Pourrais-je compter jamais sur
l'indulgence de certaine délicatesse froissée ?... Ce qui
arrête bien davantage ma main, c'est son impéritie à
mettre au jour de telles richesses ; il y faudrait, comme
quelqu'un l'eût souhaité pour la rédaction des *Acta
sanctorum* et du *Martyrologe*, la plume arrachée à l'aile
d'un ange...

De très bonne heure, Charles devina aussi, sous sa
fragilité de rouages, le rôle indispensable de pivot que
joue la charité dans la vie authentiquement dévote... Il
en comprenait, dans son entière amplitude, l'excellence,
une excellence où Dieu et à la fois le prochain trouvaient
le même compte. « Il nous faut travailler à l'avènement
du Christ, lit-on encore dans son carnet, mais comment,
à l'internat ? Par la prière, moyen simple, à la portée de
tous ; puis par l'apostolat de l'*exemple*, apostolat le plus
efficace. Donc attention toujours à ces points : discipline,
travail, piété, *pour Dieu* et *pour autrui !...* »

Puis, l'âge vint où il pourrait être enrôlé dans la conférence de Saint-Vincent de Paul du Collège. A l'élection,

ses mérites lui valurent d'emblée l'unanimité des suffrages; et dès lors sa charité s'aimanta, s'orienta d'un bond vers les pauvres de la ville. A eux allèrent non seulement les témoignages d'une générosité dont la famille approuvait d'avance les prodigalités, mais une sollicitude qui atteignait à l'occasion jusqu'au souci. « Il y avait peu de monde, mandait-il à son ami à la date du 5 février 1911, il y avait peu de monde à notre séance du 30 janvier : nos pauvres y perdront d'autant. Pauvre conférence de Saint Vincent de Paul que nos aînés ont fondée, la verrons-nous s'éteindre? Et que deviendraient tant de malheureux de Gigny et de la Noue?... A voir nos recettes si modestes, nos dépenses grossir chaque année et notre déficit, je pressens qu'il pourrait ne rester bientôt de notre œuvre que le nom, à moins qu'un don inespéré ne nous arrive !... »

Et le 23 du même mois, au même correspondant : « Tu me demandes de nouveaux détails sur notre séance. Nos recettes n'ont pas été merveilleuses. Les offrandes de nos bienfaiteurs sont sensiblement inférieures à celles de l'an dernier. Il y a en particulier une malheureuse réduite de cent cinquante à cinquante francs, d'où perte d'autant pour les pauvres. Aussi malgré tous nos efforts notre œuvre n'est pas en voie de progrès, et mes appréhensions sont grandes pour l'avenir. »

. . . .

Les visites personnelles aux miséreux secourus par le collège faisaient, c'est le terme, ses délices, à telle enseigne qu'on se demande par une rare exception s'il eut à lutter, quant à lui, contre les répugnances, parfois les sursauts de la nature, que tous d'ordinaire éprouvent au début sur le seuil des taudis et des galetas, dont la première indigence pitoyable est souvent celle de la propreté...

Il se plaisait à converser familièrement avec ses malheureux clients, s'interdisant à l'avance de ne voir en eux rien autre chose que leur *éminente dignité* de membres souffrants du Christ, celle-là même dont excellait à parler l'immortel Bossuet.

« Les pauvres de notre tournée d'hier nous ont demandé de tes nouvelles, écrit-il à son ami, et nous avons dû nous exécuter en entrant dans le détail, et en nous excusant d'abord de n'être que tes modestes suppléants. »

Il avait même obtenu l'autorisation, de concert avec un camarade, d'enseigner le catéchisme à deux enfants, orphelins ou abandonnés, qu'ils avaient trouvés réduits à la dernière misère et pauvres encore plus des rudiments les plus élémentaires de la doctrine chrétienne. Durant tout un semestre d'hiver ils sacrifièrent, presque chaque jour, à cette généreuse aumône en action, leur principale récréation de midi.

Très assidus parce qu'ils se sentaient aimés, les petits venus d'abord en haillons ne quittèrent pas le collège sans que leurs frileuses guenilles ne se fussent muées comme par enchantement en chauds vêtements plus de saison. De plus, je présume qu'ils furent des disciples d'une docilité admirable, donnant complète satisfaction aux jeunes répétiteurs ; car après chaque leçon ils ne prenaient congé qu'une fois gavés, à la lettre, de friandises.....

Que les maîtres, selon toute apparence, n'aient eu qu'à louer et à récompenser, soit ; mais je ne serais pas loin de croire néanmoins, — et certes je m'en voudrais d'en faire la moindre injure aux mignons néophytes d'alors, — que leurs dévoués catéchistes eussent au besoin suppléé à l'excellence, voire au simple mérite des notes données, en s'abandonnant eux-mêmes, sans longue discussion, à la pente très accusée de leur grand cœur et de leur inépuisable charité...

. . . .

Mais vous, parures éblouissantes de chérubins tenues en réserve dans l'antichambre du paradis, n'êtes-vous point destinées, suivant la promesse de Jéhovah, aux zélateurs de la divine charité ?...

Et dès lors, comment peindre, moins que cela : comment imaginer au préalable un éclat assez radieux, un coloris suffisamment chaud, une fraîcheur assez déliquescente, bref, des lignes et des tons assez hors de notre portée et de nos lignes, pour parvenir à évoquer, de la *fleur* qui nous délecte présentement, les charmes, les vertus, les parfums généreusement prodigués et tant de fois secourables à autrui, maintenant que son calice et sa corolle, nonobstant la brisure apparente de la tige, sont allés se fixer, au grand soleil des élus, dans leur définitif et parfait et bienheureux et éternel épanouissement..., s'il est vrai de penser, comme Gounod l'exprimait, — j'allais dire, comme il le psalmodiait pieusement, — de l'aumône, que nous n'emporterons et nous ne garderons là-haut de nous-mêmes que ce que nous en aurons donné ici-bas : si nous ceignons des couronnes de rubis, elles seront faites des gouttes du sang de notre cœur ; les perles de nos colliers seront nos larmes ; les émeraudes de nos parures, les espérances par nous ranimées dans les pauvres âmes humaines...

VII

En autant de pauvres le chrétien discerne, vénère, aime un précieux ostensoir du Seigneur Jésus. C'est à cette *foi* qu'il faut arracher le secret de la *charité*, poussée parfois et par exemple chez les saintes Élisabeth de Hongrie et du Portugal, saint François d'Assise, saint Martin de Tours et tant d'autres, jusqu'à l'héroïsme, aux revanches les plus signalées de l'esprit sur l'adamique égoïsme.

Sans avoir à l'exercer jamais dans des conditions exceptionnelles d'éclat et de publicité, Charles, on l'aura vu, jouit du moins d'une large participation, d'un opulent écoulement de cette quintessence de la sainteté.

Mais il y a une autre manifestation de la présence réelle de Dieu en ce monde : et c'est le grand livre de la nature, le deuxième en dignité après la Bible, celui que François d'Assise s'entendait encore si joliment à déchiffrer...

Charles, il s'en faut, ne fut pas non plus sur ce nouveau terrain dépourvu de toute initiation. On pourra s'en convaincre plus d'une fois, rien qu'à parcourir, serait-ce en hâte, la galerie des croquis qu'elle lui inspira, et où, modeste cicerone déjà par trop loquace, je n'aurai plus pour ainsi dire qu'à laisser aller, en lui tirant ma révérence, le lecteur indulgent.

...Qu'il me suffise de le prévenir cependant ou de lui rappeler, que si l'adolescent regarda, connut, goûta la nature de très bonne heure dans son ensemble et ses détails, quitte pour la nature à se révéler en retour à son âme aux écoutes, ce fut là d'abord un don de famille à qui la prime éducation, puis dans la suite l'attention sans cesse aux aguets de ce côté, surent faire rendre une prestigieuse plus-value.

Très tôt en effet, le sens d'observation s'était dénoué chez l'enfant, pour se développer par degrés en des proportions admirables chez le jeune homme.

Dans la prairie, les champs, la forêt, le jardin, il ne tarissait pas de questions sur les merveilles à demi cachées ou étalées à ses yeux. Sa curiosité creusait à fond, et une solution amenait une autre difficulté, comme le plaisir de la vérité mise à jour, de l'énigme percée, faisait place dans son esprit avivé, à la préoccupation d'un nouveau mystère à pénétrer, et cela, par une succession de flux et de reflux intérieurs, de réactions brusques, rapides, ingénues, charmantes, se peignant, se cinématographiant sur l'écran des yeux noirs à l'expression pour l'ordinaire languissante.

Puis il semblait se recueillir un instant comme pour ne rien perdre de l'acquis, et peut-être aussi remercier le Créateur, à l'instar du « pauvret de Dieu » ainsi que Dante surnomme suavement le saint d'Assise, d'avoir bien voulu qu'il y eût pour l'enseignement et le plaisir de l'homme un soleil si brillant, des astres si étincelants, les montagnes abruptes, les forêts profondes, les prairies diaprées de fleurs, les eaux mugissantes de l'océan, le sanglot des ruisseaux, les oiseaux chanteurs, les vents plaintifs ou grondeurs, les nuages aux formes légères, aux caprices ouvragés et changeants.

L'homme, et déjà l'enfant, a besoin de dire tout haut
ce qui s'impose très fortement à sa pensée et à son
émotion; car il est telle mesure qui le déborde... Rien
d'étonnant dès lors que Charles ait, sans tarder, éprouvé
la nécessité innée, impérieuse, d'extérioriser le résultat
de ses contemplations et de ses découvertes, qu'il ait
même cherché à lui donner forme et consistance, en y
réussissant parfois à merveille.

Dès sa seconde année de collège, en mai 1906, il termine de la sorte une lettre à ses parents, et cela va sans
dire, sans nulle prétention de poser à l'artiste, ni même
de ménager son effet :

« C'est le printemps : nous voici au temps où le soleil
pointe très matin vers l'est, et se couche le soir avec une
majestueuse lenteur. C'est l'époque où les oiseaux
cherchent et décident l'emplacement de leurs nids, et se
mettent à la hâte en frais de construction, où les mouches
bourdonnent au soleil, où les fleurs s'épanouissent avec
aisance... La nature semble ainsi offrir à la Vierge,
pour son beau mois de mai, ses diverses prémices : les

arbres, leurs nouvelles frondaisons, les oiseaux, leurs frêles bâtisses et leur doux ramage, les mouches, leur chant grave de grosses cloches en branle, les fleurs, leurs calices ciselés et odorants... »

N'est-ce point séduisant de fraîcheur enfantine, de simple observation, de coloris sans effets truqués ni pimpants? Ce fut là du moins mon impression. Et tout de suite, le dirai-je? elle me mit en avidité de découvrir quelque part dans les papiers colligés de mon paysagiste charmeur, de quoi parachever l'assortiment à promesses si alléchantes : après un printemps au retroussage tant gentil... l'été, et l'automne, et l'hiver, pourquoi non ?... Déception ! au tableau rêvé des saisons au complet portant la signature de Charles, je n'ai pu par malheur restituer que les deux dernières ; il faut en faire notre deuil : par une lacune regrettable l'été manquera, et à son défaut n'accusons pas trop la fatalité, puisque nous avons encore de quoi nous satisfaire à l'aide d'un gracieux triptyque.

En voici donc la deuxième figure, fournie par une vue restreinte, sobrement esquissée du brumeux octobre :

« En rentrant au collège nous avons pu voir déjà, dans nos cours de récréation, les feuilles jaunies joncher le sol et lui faire un moelleux tapis ; çà et là il y en a pourtant qui se balancent encore aux branches en s'y cramponnant on ne sait comment; mais de plus en plus, elles s'en détacheront une à une, dépouillant complètement le tronc et les ramures de nos grands platanes, si fiers il y a quelques mois de l'ombrage qu'ils nous fournissaient... tout cet ensemble sur un ciel gris et maussade » (20 octobre 1910).

Et pour finir, en une ébauche leste comme un effet passager de lumière, un clair de lune en plein frimas. « Le soir, à l'heure où nous quittons l'étude pour gagner le dortoir, le coup d'œil est féerique dans la grande cour. C'est une véritable inondation de fins et multiples diamants, qui scintillent, qui chatoient, qui étincellent sous les caresses de la pleine lune !... La neige est belle à voir tomber; elle est plus merveilleuse, plus éblouissante, ainsi mise en valeur par les rayons lunaires... Et le spectacle se renouvelle chaque soir pour mon grand contentement (15 janvier 1911)..... »

De son carton, il y aurait à extraire ainsi tout un album de pochades fort bien croquées, et même d'études de genre très réussies... Pour se restreindre, il faudrait choisir, et c'est là l'embarras... Qu'il me soit permis de brusquer toute hésitation, en détachant encore au hasard des ciseaux, de ses journaux de vacances et de voyages, quelques coupures intéressantes. . . . . . .

. . . .

« ...Quel joyeux carillon s'envole de la tour massive de mon église lorraine, si semblable, paraît-il, à celle de Domrémy ? A Sommelonne, un tout petit enfant reçoit aujourd'hui le baptême et les cloches sonnent la joie, car un enfant de plus est né à la grande famille catholique.

...Quand le berger et le voyageur descendront ce soir la colline, celui-là poussant ses brebis, celui-ci cherchant son chemin, au fond de la vallée ils entendront, la nuit venue, un son clair et argentin et tous deux se signeront à l'invitation de l'Angélus.

...L'Eglise a revêtu sa plus belle parure ; les fleurs affluent sur les autels ; toutes les cloches sonnent en volée pour annoncer aux fidèles et à la nature que leur Seigneur et Maître est ressuscité.

...Plus tard dans la saison, elles sonneront encore en gaieté en l'honneur des premiers communiants ou des fiancés.

...Elles sonnent pieusement chaque matin, et avec plus d'insistance chaque dimanche, pour convoquer au sacrifice que le prêtre célèbre à l'autel.

...Puis, après avoir signalé l'allégresse et rappelé au devoir, elles ont leur chant triste et funèbre : c'est quand le prêtre et la famille en deuil conduisent un parent aimé à sa dernière demeure ; les cloches se sont mises en liesse à sa naissance, elles pleurent maintenant sa mort... (22 avril 1907). »

.   .   .   .

Après le décousu peut-être volontaire de la rêverie précédente, où les strophes, en se balançant à tour de rôle et de cadence, semblent bien faire appel à quelque docile harmonie imitative, on ne parcourra pas sans intérêt certaines de ses réflexions et impressions personnelles, tracées hâtivement pour mémoire à l'issue d'une lecture captivante dont plusieurs réminiscences presque textuelles suggéreront aisément le sujet.

« Oui, la plaine d'Alsace verdoie comme par le passé ; aurait-elle oublié le triste et tragique souvenir d'une poignée de braves français se jetant en travers d'innombrables bataillons allemands et faisant ainsi le sacrifice de leur vie pour sauver leur armée ? Héroïques cuirassiers de Reischoffen, mon âme vous fait amende honorable pour l'oubli de la plaine !

Et pourtant et *quand même !* non, la plaine ne peut pas oublier ; c'est le vert de l'espérance qu'elle affiche à nos regards humiliés mais vengeurs...

La plaine ne peut oublier. Souvent le laboureur fait surgir de ses flancs entamés par le soc de la charrue un crâne géant ; et plein de religieuse charité, il le dépose en terre bénite... Plus loin, dans la forêt, le vieux bûcheron songeur abat avec regret les grands sapins qui ont vu de loin la sanglante hécatombe et qui pleuraient à la Toussaint au mugissement des vents du nord, des vents d'Allemagne maltraitant leurs branches sombres... Là, ce sont des soldats en manœuvre s'arrêtant devant quelques croix de bois ; soldats prussiens, hélas !...

Quand donc, ô soldats incomparables de France, serez-vous prêts à venger l'affront, et à restituer au riche pays d'Alsace les trois couleurs qui seules lui rendront la gaieté ?

En attendant, avec ses sapins tristes, son ciel gris, les visages endeuillés de ses gens, elle gémit sous le joug, la vieille et loyale Alsace...

Reischoffen, Reischoffen, dans ta triste vallée.
L'ombre des *preux français* n'est donc pas consolée ?

Lorraine et Alsace sont sœurs, et je le sens à mon âme. Jamais les écoliers de Lorraine, jamais les écoliers de France ne s'accommoderont d'une carte de France où l'Alsace-Lorraine ne figure point... Nous te rendrons un jour ces provinces, ô mon pays ! (janvier 1908). »

. . . .

Le 14 avril 1909, au petit jour, il se réveille en Suisse, à Lucerne, où il était arrivé de nuit, et au saut du lit il court au balcon : « Au premier abord mes yeux se portent sur les montagnes bleues qui se dressent devant moi et sur le lac qui dort à leurs pieds. Le temps est serein, la pluie a fait place au soleil.... J'en étais encore, et il y avait déjà quelque temps que cela durait, à mon émerveillement du début, quand reportant ma vue à droite, j'aperçus le Pilate ; en voyant là ce géant aux proportions inattendues, oui, j'eus peur, je fus impressionné jusqu'aux larmes. Et pourtant je n'arrivais pas à détacher mes yeux de ce colosse fascinateur : il dressait là sa masse arrondie, tout d'un bloc, que la neige couvrait alors, en entier ; quelques nuages gris coiffaient d'ouate maculée sa tête altière, j'étais là, osant à peine le mesurer du pied au sommet. Ce n'était ni beau, ni grandiose : c'était effrayant...

A l'extrémité du tableau, autre pic : le Righi. Pauvre Rhigi écrasé en quelque sorte par le Pilate et aplati devant lui. Il fut loin de produire sur moi la même impression ; il eût fallu le contempler le premier... »

... Même paysage pris d'un autre point de vue, la villa Saint-Charles à Vorden-Meggen, et déjà même du pont du « *Stadt Basel* dont le nom se détache en lettres d'or sur la coque rouge peinte à neuf »... « Le lac des Quatre-Cantons est fier, majestueux, calme, sans la sauvagerie de son encadrement ; c'est bien ainsi, qu'après le pâtre suisse, Schiller a dû le voir lui sourire :

Es lächelt der See, es ladet zum Bade...

Maintenant le soleil monte vers son zénith ; ses feux irisent de milliers de couleurs, que l'œil supporte à peine, le miroir poli du lac. Il dort à cette heure en son pittoresque berceau creusé dans les masses séculaires des Alpes. Bientôt nous apercevons, sur quelque rocher surplombant le rivage, une belle statue du Sacré-Cœur, étendant ses deux bras dans un geste de bénédiction, sur les eaux du Vierwaldstättersee. Le voilà, le Créateur de tant de merveilles et de tout l'univers ; vivat à Dieu !... Voici le fameux Rütli, puis, sur un terre-plein rocailleux une chapelle minuscule émergeant orgueilleusement des eaux. Il a lieu d'être fier le petit promontoire ! N'est-ce pas là que Guillaume Tell sauta de la barque de Gessler sur le rivage.

Je regarde plus loin que les baies resserrées entre les montagnes, que les rochers qui bordent curieusement le

lac, et je commence, au sujet du Righi, à n'être plus tout
à fait de mon premier avis... Mais enfin lui céderai-je
dans ma préférence, la place d'honneur concédée tout
d'abord au Pilate ?... Je suis trop accaparé par le charme
du reflet du paysage dans le lac ; et pour trancher en ce
moment la discussion que je sens s'élever en moi, je
donne mon suffrage au... lac : je me l'explique maintenant, une montagne sans lac est un tableau sans ciel. »

. . . .

Passant du lac des Quatre-Cantons aux bords du lac
de Zoug. « Ici encore, écrit-il, la nature parle haut de
Dieu et bien des fois on se surprend à prier. Nous
sommes à Immensee. Or par une baroque association
d'idées, je me trompe, par l'effet d'un simple jeu de mots,
ce verset du Te Deum me vient à l'esprit : Patrem *im-
mensae* majestatis : Père d'une majesté infinie, qui a sou-
levé ces géants fantastiques, a poudré de neige leurs
têtes altières, a placé dans leur voisinage et pour leur
vanité le miroir des lacs ; oh oui, Père tu l'es, mon
Dieu, et de quelle majesté et de quelle puissance infinies
tu jouis !... »

... « O bonheur ! j'ai aperçu, à la distance de cent kilomètres c'est vrai, mais enfin j'ai aperçu la Jungfrau, si belle, si blanche de neige, qu'on l'aurait dite parée pour des fiançailles !...

... « Je rencontre des touristes français qui ont accompli le voyage d'Einsiedlen en amateurs de beaux sites, et en sont naturellement revenus déconcertés. Je le conçois. C'est qu'en effet dans ce pays des merveilles, la Vierge a choisi comme théâtre de son intervention miraculeuse, un coin plat, déshérité et inculte. Mais pour nous, ce fut une grande consolation d'aller nous agenouiller dans le sanctuaire de Notre-Dame-des-Ermites...

... C'est aujourd'hui le dimanche de Quasimodo, date fixe de la première communion dans tous les cantons de la Suisse catholique. A l'église abbatiale de Notre-Dame des Ermites, nous assistons à la profession religieuse de quatre jeunes bénédictins.

Ils se prosternent d'abord sur le pavé du sanctuaire, manifestant par là le renoncement le plus absolu au monde que le Christ a maudit, et l'échange d'une vie aisée, confortable peut-être, contre une vie de sacrifices et de pénitence...

Mais là, précisément, ils trouveront le bonheur: sous l'humble froc du moine bat un cœur ardent et gai... »

... Cette dernière réflexion, à l'expression juste et typique, devait revenir à son esprit au printemps de l'année suivante, lors de sa visite aux très accueillants Pères Prémontrés de l'abbaye de Frigolet, exilés en Belgique dans la banlieue de Dinant. Je fus cette fois l'élu de sa confidence, et, de ma vie, je n'en oublierai ni l'accent convaincu ni le ton de satisfaction lumineuse et rayonnante...

... « J'entends dire autour de moi, continue-t-il dans son journal, j'entends dire : à quoi servent donc les religieux dans la société contemporaine ? Messieurs, à solder à la justice de Dieu votre passif, peut-être bien votre arriéré *à vous* par le surplus de leurs prières, de leurs austérités, *à eux*. N'est-ce rien que cela?... (18 avril 1909.)

... Puis, je songe qu'aujourd'hui même à Rome se déroulent les fêtes de la béatification de Jeanne d'Arc... A la bienheureuse vierge française, la bonne Lorraine, j'adresse du fond de la Suisse une prière ardente pour mon pays, la doulce France, si loin, si loin, que j'en suis tout ému. ».   .   .   .   .

.   .   .   .

✺

D'un autre voyage fait dans les Vosges en août 1907 :
« De loin, Aillevillers m'a produit l'effet d'une revue
militaire avec ses maisons alignées au cordeau ; c'est
d'une symétrie un peu outrée pour le coup d'œil.

Mais par contre, quel enchantement m'a procuré la
route que nous avons suivie pour y arriver ! L'Augrogne
n'était plus reconnaissable, purifiée des limons des im-
puretés dont Plombières la souille ; c'était maintenant
un clair ruisseau coulant sur un beau lit de cailloux et
chantant à mi-voix sa joie et peut-être, le dirais-je osant
à peine y croire, son ivresse... car les parfums cham-
pêtres sont capiteux sur ses bords...

C'est une belle vallée à moitié forestière, à moitié
champêtre, comme sont en majorité celles de la
région... »

... « Ce reflet de la lune à la pâle et blême clarté dans
les eaux noires du lac de Gérardmer, m'impressionnait
profondément... Dans la nuit froide, je rêvais en grelot-
tant au voyageur égaré parfois dans les sapins de la
montagne... » .

... De même les impressions qu'il éprouvera au Hoh-
neck et à la Schlucht seront insaisissables, trop subtiles
sans doute, à moins que trop complexes. En traversant
les pâturages d'alentour, seuls les troupeaux de vaches
laitières agitant en cadence leurs clochettes au module et

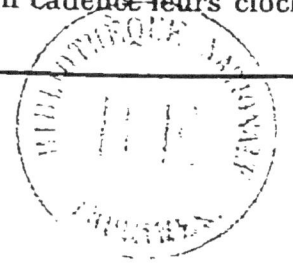

au timbre différents, évoqueront à sa pensée le ranz suisse et les accords flous, éloignés, fondus de la harpe éolienne. . . . .

. . . .

S'il lui arriva d'être terrassé par son sujet et de briser de dépit sa plume inutilement émoussée, sa fidélité à son premier attrait n'en souffrit point. Toujours il aima la nature, et jusqu'à éprouver à ce contact d'elle et de son âme quelque chose de cette ineffable volupté, de cet amour prodigieux du ciel et de la terre, qu'y entrevoyait si délicieusement le frère d'Eugénie de Guérin.

Pour s'éprendre davantage encore, il en scruta de plus près les splendeurs et les harmonies ; par elle aussi, par cette messagère bien accréditée, Dieu lui parla...

N'est-ce pas en effet de son sens, il faudrait dire de son *acuité* d'observation sans cesse en éveil, que Dieu se servit le plus pour lui dévoiler peu à peu, avec d'infinis ménagements de mère prévoyante et douloureuse, le jeu alternatif des ombres et de la lumière, ce que Léonard de Vinci appelait en peinture le clair-obscur, de sa des-

tinée mystérieuse ; pour lui fournir timidement le com-
mentaire insinuant de cette intuition lointaine que les
anges et les bienheureux lui faisaient signe d'en haut
et l'appelaient vers eux?

De ses papiers j'en ai recueilli en chemin plus d'un indice... Par exemple, le 20 août 1907, de sa visite à l'église
de Remiremont il ne consigne qu'une seule impression :
c'est que les autels en marbre blanc et noir prêtent au
temple un air de deuil, une perpétuelle toilette de service funèbre, « que les plus beaux chants ne peuvent
faire oublier ». En avril 1909 il adresse un merci enthou-
siaste, dithyrambique, au lac de Lucerne « émeraude
gigantesque aux multiples échancrures, enchassée dans
la masse tourmentée de ses montagnes bleues » dont la
contemplation lui a valu tant de jouissances exquises ;
mais brusquement le lyrisme tombe sur ces mots désolés:
« Au revoir, beau lac, et peut-être... oui, pourquoi pas,
hélas, adieu ! »   .   .   .   .
    .   .   .   .

Quand l'âme écoute, observe le poète flamand Guido
Gezelle, quand l'âme écoute, toute chose parle, le plus
léger murmure possède son langage, les feuilles des
arbres jasent entre elles ; les vagues des fleuves et des
lacs bavardent... quand l'âme écoute   .   .   .   .   .
    .   .   .   .

VIII

G. Rousset

Pour revoir le village natal, l'exilé a exigé bon gré mal gré son départ de la Suisse... de la haute Suisse, cette fois, hélas! on le sait, des pauvres malades.

En quittant les régions riveraines du Léman, du beau lac qu'au moyen âge saint Bernard, le célèbre abbé de Clairvaux, dans l'incroyable maîtrise de ses sens, avait côtoyé sans l'apercevoir, les yeux noirs de Charles, alanguis et cernés par la fièvre, ont entrevu çà et là, par échappées, le jeu des barques de plaisance, aux voilures et carènes multicolores, se pourchassant à travers la nappe oblongue et azurée, d'un bleu moiré par la brise.

glacée qui souffle des hauteurs voisines du Jura ou des
Alpes. Sur cette trame mouvante sa rêverie se prolonge
pour aboutir bientôt, en quelques bonds, au bonheur
longtemps inespéré de son exode à lui de la terre étrangère :

> Des bateaux que les vents chassent
> Sous mes yeux les voiles passent ;
> Vers son port chacun s'en va...

Toutefois, c'est en ramenant sur sa mère un regard
d'une tristesse infinie, qu'il ose à peine s'achever tout
bas à soi-même, la complainte de Goethe :

> Mais au cœur, il est des peines
> Surhumaines
> Que nul vent n'emportera !

. . . .

Content d'avoir enfin réintégré, ne fût-ce que clopin-
clopant, la maison paternelle et retrouvé l'intimité

salubre et la douceur vivifiante de l'incomparable « at home », il passe ses journées à reposer paisiblement sur sa confortable chaise-longue de malade : ainsi du moins en jugerait-on à sa patience... A vrai dire, c'est sur la croix, une croix de jour en jour plus tortionnaire, qu'il étend chaque matin ses pauvres membres meurtris, pour un nouveau supplice de douze heures d'horloge, aggravé au préalable des longues insomnies de la nuit...

Le pressentiment qu'il appelle par délicatesse « son secret » en conversant avec sa mère, ne lui permet que fort peu d'illusions, lui laissant aussi bien le mérite de son oblation personnelle. Son sacrifice est fait ; il en a convenu en aparté avec le Jésus aux plaies béantes de son crucifix... Entre les deux endoloris, c'est désormais à la vie, à la mort !

Si, dans le cauchemar de ses nuits enfiévrées, il lui arrive de protester contre la rigueur de l'arrêt inexorable, sans délai, il éprouve le besoin de renouveler son abandon à la divine volonté, et d'avouer en grande confusion à son confesseur « ses impatiences » : c'était son mot.

. . . . , ...

Certes, pour expliquer les « impatiences » de la nature qui se cabre et sursaute à l'approche de sa dissolution, il suffit de regarder par la pensée, à dix-neuf siècles d'intervalle, le tout-puissant Maître du monde en agonie au jardin des Olives, ayant recours à l'aide de l'ange, sa créature...

Il faut savoir aussi de quelle fine et fière trempe chrétienne était cette âme qu'abandonnait peu à peu, après plus de dix ans d'un parfait service, du convivage le mieux réglé, son fragile compagnon de voyage ; de quelles ambitions nobles, sublimes, où l'intérêt et la mise en valeur personnels trouvaient fort peu de place, cette âme était capable en ses ascensions progressives.

S'être tracé pour l'avenir, au moins dans les grandes lignes, un programme de vie sociale où le travail présent et l'indépendance future assurent à l'avance les plus beaux succès, s'être juré de mettre tout cela au service unique des petits, des pauvres, des opprimés... et puis subitement assister, impuissant, à l'écroulement de son rêve, sans que d'ailleurs de nul côté apparaisse le plus minuscule *pourquoi* approbateur de cet *ainsi* mystérieux et terrible... quelle décevante perspective... et quelle poignante réalité !...

Ce n'est pas en clamant la révolte instinctive et obstinée de « *la jeune captive* », qu'il se surprendra à dire parfois :

Je ne veux point mourir encor !

Non, c'est avec cette fermeté de conviction raisonnée

de vieille date, et dont il a peine à se départir, à se débri-
der l'esprit, qu'il était venu pourtant sur terre, pour
remplir lui aussi, et de son mieux, une tâche, la tâche
marquée par Dieu... Et de la sorte, sa répugnance de
la fin prochaine s'ennoblissait elle-même de sa conception transcendante du fameux *droit à la vie* et du sens
de l'humaine destinée, avant d'être expirée dans un baiser convulsif, aux pieds sanglants du crucifié...

Ainsi, les fortes âmes qui sont unies au Christ, dit le
P. Gratry, sentent l'horreur de la mort avec Lui et comme
Lui ; et puis marchant sur elle, appuyées sur la croix,
elles s'élancent triomphantes de l'autre côté de l'abîme.

. . . .

. . . .

Cependant au dehors, septembre dévidait indolemment
la série de ses jours en décroissance de durée.

Déjà, dans les forêts d'alentour préférées de Charles,
la Côte, le Valtiermont, la Réserve d'Ancerville, l'automne
préludait par endroits à son rôle définitif d'appariteur
funèbre, esquissant de ci, de là, son geste méthodique

et soucieux d'impitoyable levée de corps, tachetant d'une rouille à la morsure débilitante les plus altières frondaisons ; détachant en tapinois quelques rameaux déjà jaunis parce qu'à la poussée de sève trop précoce, trop printanière ; s'insinuant à la dérobée, à travers taillis, halliers, futaies, pourvu de ses maléfices et... de ses couleurs, — car l'automne par caprice est artiste avant d'être bourreau — muni, dis-je, de sa palette, aux bruns et aux roux les plus nuancés, aux tonalités les plus chaudes, comme pour cacher efficacement son jeu sournois ; mais estompant ensuite l'ensemble de ses touches jusqu'à en éteindre, par successives dégradations, l'éclat et, à la longue, la trace. . . . . . .

.... Oui, c'en est fait, l'œuvre de mort est préparée. Que survienne bientôt la première chevauchée impétueuse, turbulente des vents. Les belles feuilles mordorées joncheront le sol des sous-bois et des clairières, cachant l'étiolement des gazons. Mais surtout, à nu maintenant, le fût noir des hêtres et des vieux chênes ; à nu la colonne blanche des érables et des sveltes bouleaux... Quel alignement macabre de piliers tumulaires !... Dégarni complètement le squelette des vigoureuses ramures et des menues brindilles ; et comme pauvre linceul souillé, déjà vermiculé et lacéré en maints endroits, un demi-revêtement plaqué de mousses ou de lichen...

En bas, par terre, égayant ironiquement le spectacle funèbre de leur verdure perpétuelle comme les plantes hivernales dont on entoure les cercueils, les palmes barbelées des fougères naines . . . .

. . . .

... Or, si l'ouragan d'arrière-saison ravageait de la sorte la haute futaie, quelle serait à la fin le destin de la tige fluette déjà froissée et pantelante ? . . . . .

. . . .

... C'était le soir, et donc un de ces crépuscules attardés de la mi-septembre, où la clarté si limpide et si douce semble quitter comme à regret les bas-fonds de la plaine, pour gagner l'horizon, et de là disparaître.....

On la dirait alors se mettant en peine de prolonger son règne, s'essayant à lutter sans violence contre son fatal déclin...

Aux crêtes des collines meusiennes et déjà aux brumes floconneuses qui s'élevaient en molles et vaporeuses traînées des vallons lorrains, — telles le voile transparent de tulle léger dont on recouvre parfois les jeunes défunts, ou les flots de mousseline blanche dont on les submerge élégamment sur leur lit de parade —, la lumière du jour se raccrochait d'un faible effort, en de languissantes mélancolies...

Installé près de la fenêtre, Charles, une fois de plus, assistait en patient résigné, à l'approche envahissante des ténèbres.

Soudain, il lui parut que la transition crépusculaire se brusquait inopinément, comme s'il eût atteint à son insu, dans un voyage de rêve, à cette ligne équatoriale où le jour et la nuit surviennent sans leurs messages avant-coureurs... Attentive aux moindres de ses mouvements, sa mère lui promit tout uniment d'allumer sur le champ la lampe ; et tandis qu'elle vaquait elle-même à ce soin, son fils au chevet duquel elle se tuait à petit feu de dévouement depuis plus de trois mois, son fils unique était admis aux splendeurs divines et éternelles... Car,

> Ouverts à quelque immense aurore
> De l'autre côté des tombeaux,
> Les yeux qu'on ferme VOIENT encore
> Les yeux !

. . . .

Oui, ils VOIENT alors, les yeux des prédestinés, Jésus

en personne, lequel, affirme Bossuet, leur ouvre par la mort le rideau de l'immortalité, et les ravit entre ses bras, dans les extases du ciel...

...Ils voient cela, les yeux des prédestinés ; et abaissant ensuite un regard de pitié vers notre triste terre, ils nous redisent à chacun, à nous leurs parents et amis en pleurs, en vue de notre suprême consolation, avec la même suavité d'onction et le même rythme accentué de paradis, la réponse des saintes Maries à la prière de Mireille : Si tu voyais, des suprêmes hauteurs de l'empyrée, combien votre univers nous paraît souffreteux,... ô infortunée, tu appellerais d'envie la mort et... le pardon !

. . . .

. . . .

APPENDICE

Discours prononcé le 22 septembre, à Sommelonne, par M. Henri Nicolle, élève du collège de l'Immaculée Conception et président de la Conférence de Saint-Vincent de Paul, aux funérailles de M. Charles Marcilly, son condisciple et ami.

La mort est impitoyable ! Coup sur coup, elle nous ravit les meilleurs de nos condisciples : aujourd'hui c'est toi, Charles, — et nous voici plongés de nouveau dans le deuil et la douleur.

Tu n'as fait que passer parmi nous, mais tu t'en retournes à Dieu les mains pleines déjà de mérites.

Avec leur souvenir impérissable, tu emportes l'affection et la reconnaissance de tes camarades à qui tu as donné l'exemple constant de la piété, du travail, de la douceur, de la vertu ; tu emportes les regrets de tes maîtres qui n'avaient pour toi que des encouragements et des éloges ; tu emportes les bénédictions des pauvres que tu te plaisais à visiter et que tu as désiré ne pas oublier même quand tu les aurais quittés.

Aussi nul ne méritait mieux que toi la place d'honneur que nous t'avions donnée dans notre Congrégation et dans notre Conférence de Saint-Vincent de Paul, nul plus que toi n'était digne de tenir le drapeau du Collège, notre drapeau qu'il y a quatre mois à peine tu portais si fièrement en tête de nos rangs.

Et voilà que soudain en plein épanouissement tu te sentis défaillir, et tes forces t'abandonnèrent.

Tu rentras alors au village natal. Dans la douce et calmante paix de la famille, entouré des soins les plus délicats et les plus dévoués, tu espérais vaincre le mal et retrouver la santé.

Hélas ! il te fallut bientôt affronter ce pénible voyage, et, seul avec la plus affligée des mères, subir cette cruelle station qui fut ton Calvaire. Tu n'en revins que pour consommer ton sacrifice, nous dire adieu et t'en aller là-haut.

Je veux guérir, disais-tu, parce que je dois vivre et remplir la tâche que le bon Dieu m'a réservée.

Tu l'as remplie ta tâche, mon bien-aimé Charles ; tu l'as remplie tout entière, puisque c'est Celui qui te l'avait imposée qui t'en a déchargé ; et tu l'as bien remplie : nous qui sommes tes témoins, nous l'attesterons au jour du jugement.

Tu as rejoint nos amis partis les premiers, les chers en-allés dont le souvenir t'obsédait et dont tu entendais les appels durant les insomnies de tes dernières nuits. Avec eux maintenant tu veilleras sur ceux qui sont restés ici-bas. Tu prieras pour ceux qui prient pour toi ; tu demanderas pour ceux qui te pleurent, pour cette mère et ce père si durement éprouvés, la résignation que commande la foi, la consolation que donne l'espérance de se retrouver un jour au Ciel !